TAKE
SHOBO

国一番の魔術師は不遇な運命の侯爵令嬢を溺愛して離さない

山野辺りり

Illustration
サマミヤアカザ

蜜猫
Mitsuneko F

contents

イラスト／サマミヤアカザ

国一番の魔術師は
不遇な運命の
侯爵令嬢を
溺愛して離さない

プロローグ

空から色とりどりの花が降ってくる。

赤、紫、白、薄紅、黄色。

大きさや花弁の形も様々。何もない空間に突如咲いたそれらは、風に吹かれて優雅に地上へ舞い降りた。

「綺麗《きれい》……すごい……！」

幼い少女は何度同じ言葉を口にしたか分からない。けれどいくら言っても、胸に広がるこの驚きや感動を表現しきれているとは思えなかった。

それほど、幻想的な光景は素晴らしい。

どこまでも澄み渡った青空の下、甘い香りを漂わせる花々が尽きることなく頭上に咲く。そして少女に降り注ぐ様は、菫色《すみれいろ》の瞳を釘付《くぎづ》けにするのに充分だった。

「全部、お庭に咲いているものじゃないでしょう？　私、初めて見る花ばかりだわ」

浮かれてはしゃぎ回りたい気持ちを懸命に宥《なだ》めすかし、少女は六歳という年齢の割には大人びた口調で口元を綻ばせた。

もしも両親にみっともない姿を見られたら、後で厳しく叱られてしまう。王宮の片隅にある庭園にひと気はないものの、常に『誰かの目がある』のを警戒しなくてはならなかった。

「このお庭には、あんな大きな花は咲いていないものね」

よく言えば広々とした、悪く言えば素っ気ない庭は、手入れが行き届いておらず物寂しさは否めない。四阿《あずまや》は朽ち、生け垣は根元から伐《き》られている。

必要最低限、管理のしやすさを優先した質素なものだった。

「父上は贅沢《ぜいたく》を好まない方だったから。でも母上の部屋からはそれは見事な野薔薇《のばら》が眺められる。今度、案内するよ」

それが社交辞令であり、実現しないことを賢い少女は悟っていた。

いくら自分が侯爵家令嬢であっても、そうそう簡単に王宮へ連れてきてはもらえない。ましてこんな風に、一人自由な散策を許される時間など――少女にはとても珍しい事態だったのだ。

しかもそれだけでなく。

――この方は、ひょっとして――

サラサラとした銀の髪は、まるで月光を集めたようだ。明るい太陽光の下でさえ不思議と神秘的に輝いて、人を静謐《せいひつ》な心持ちにさせる。

更に聡明《そうめい》さを宿した翠《みどり》の瞳は、特別な血筋にしか現れない特徴。

年齢はおそらく十には満たないだろうに、既に完成された美しさは群を抜いていた。もしも人ではなく妖精や天使の類だと言われれば、少女は信じてしまったに違いない。

少年特有の澄んだ高い声と洗練された所作が、より少女の馬鹿げた妄想を補強してやまなかった。

「花くらい、いくらでも見せてあげる。だから——また、おいで」

笑顔と呼ぶには陰のある微笑は、仄《ほの》かに孤独が滲《にじ》んでいた。

実際、寂しいのだろう。

絢爛豪華《けんらんごうか》な王城の裏手側にあるこの場所は、極端にひと気が少ない。

静まり返り、時間も空気も停滞していた。忘れられた離宮。そして人々。

数日前、国王の偉業について学んだ際、教師がさらりと触れた内容を少女は思い出した。言った直後、教師が『しまった』と口を噤《つぐ》んだことも。

だから勘のいい少女の中で答えは出ている。だが、それをあえて口にする気にはなれなかった。

「あり……がとう、ございます」

教えられた通りドレスを摘まんで恭《うやうや》しく挨拶する。少年は僅かに双眸《そうぼう》を見開き——苦笑した。

少女が気づいたことを、彼もまた察したのだ。

さりとて互いに言葉にすることはなく、少年がこちらの頰《ほお》へ手を伸ばした。

た。

「うん。だから、もう泣かないでくれ」

まだ小さな掌《てのひら》が、丸みを帯びた少女の頬を包み込む。そこは、つい先ほどまで涙で濡《ぬ》れていた。

しかし彼が空中に無数の花を出現させてくれたおかげもあって、すっかり乾いている。

今や悲しい気持ちはどこかへ消え去り、浮き立つ興奮に少女の頬は上気していた。

「貴方《あなた》は……魔術師なのですか？」

名前を聞かない、名乗らない代わりに少女はそっと少年を窺《うかが》った。

中空に突然花を咲き誇らせるなんて、到底普通の人間にできることではない。何か——端的に言えば、特別な力でもない限りありえなかった。

この世界は魔術師が支えていると言っても過言ではない。人々の生活は勿論《もちろん》、医療や技術、兵器に至るまで、彼らの力がなくては成り立たないのだ。

便利な道具の研究開発、自然災害への対応、時には呪いと呼ばれる術も。

魔術師が関わる分野は多岐にわたり、特別な力を持つ彼らは才能があると判明次第、国に保護され研鑽《けんさん》を重ねる。

けれど同時に、厳格に管理されるという意味でもあった。

魔術師の質や数が国力と直結するからである。彼らは国家の繁栄を左右する。他国への流出は何としても避けなくてはならない。

故に国は『保護』という名で才ある者を好条件で囲い込む。

貧しい出身であれば、大出世だ。正式な魔術師と認められれば衣食住が与えられ、高い地位と特権が保障される。汗水垂らし肉体労働に勤《いそ》しむことはない。

とは言えあくまでも国の所有物。命令には絶対服従を求められる。

つまりは王家の道具。もっと言えば、貴族らより身分は格段に下になるのだ。

それ故、場合によっては魔術師の能力を隠そうとする者がいると、少女は耳にしたことがあった。特に生まれながらにして身分の高い者であれば――

「……秘密にしてくれる？　母上は隠しなさいとおっしゃっているし、僕の力はたいしたものではない。精々こうして何もない空間に花を咲かせる程度だ。とても魔術師と名乗れる域には達していないよ」

言い訳めいた少年の物言いに、若干の気まずさが滲んでいた。

おそらく、少女を泣《な》き止《や》ませるためであっても赤の他人に能力を見せてしまったのは、母親との約束に反していたのだろう。そのことに思い至り、焦っているのが窺えた。

――でも私を慰めるために、こうしてくれたんだ……

胸に温かなものが広がる。親の言いつけに逆らってまで傾けられた優しさに、辛かった心がどれほど救われたことか。

少女には両親が決めたことを破るという発想が微塵《みじん》もなかった分、心底感激した。

――優しい方……

きっと今後、気軽に会える相手ではないけれども。この出会いが特別なものになるのは間違いない。心の奥で一生大事な宝物になると確信し、少女は大きく頷《うなず》いた。

「誰にも、言いません。私たち二人だけの秘密です」

その言葉に安心した様子で、少年は微笑《ほほえ》んだ。あまりにも麗しい笑顔は、幼い少女の胸を不可思議に高鳴らせる。初めて味わう甘苦しい鼓動で、戸惑わずにはいられなかった。

「また、必ずここへ会いに来て。ずっと……待っている」

「はい。時間がかかってしまうかもしれませんが、いつか必ず」

約束を交わした瞬間、一際大輪の花が空に咲いた。

甘い香りに包まれる。夢のような時間の中、二人は穏やかに微笑み、束《つか》の間《ま》見つめ合った。

まさかささやかな約束を叶《かな》えられる日はこないなど、知る由もなく。

第一章　出会い

船上で開かれた宴は、贅《ぜい》を尽くしたものだった。

一応は正式発表ではなく『内定』であるのに、こんなにも華やかに喧伝《けんでん》していいのかと、エレインが心配になるほど。

むしろ大々的にすることで、他の貴族たちを牽制《けんせい》しているのかと訝《いぶか》ってしまう。

——お父様なら、その可能性が高いかもしれない。お披露目《ひろめ》でもないのに、ここまで大袈裟な催しをするくらいだもの……

エレインの王太子妃内定と銘打っていなくても、この時期にバルフォア侯爵家が大掛かりな祝宴を開催するとなれば、人々は察するものがあるだろう。噂《うわさ》と憶測は瞬く間に広がるはずだ。

それを、エレインの父が計算していないとは思えなかった。

バルフォア侯爵家の長女、エレイン。

物憂げな瞳には知性の光が宿り、ほっそりとした華奢《きゃしゃ》な姿態は艶《なま》めかしい曲線を描いている。

白く端正な顔立ちは、誰もが美しいと認めざるを得ない。

立ち姿は姿勢よく、非の打ち所がなかった。ただ、憂鬱に伏せられた瞳が、口に出せない本心を映している。

「私がジュリウス様の婚約者……」

呟《つぶや》きは、風に吹かれエレイン自身の耳にも届かず散る。

潮風のせいか肌も髪もややごわついている気がし、口内に苦いものが広がった。

王国の王太子であるジュリウスとは、五歳の頃から顔見知りだ。思えば当時から、父は娘のエレインを王太子妃に据えるため、あれこれ裏で手を回していたに決まっている。

まだ年端も行かない幼子をわざわざ王宮へ同行させたのは、顔合わせが目的だったのだ。早いうちに繋《つな》がりを持てば、他家よりも有利になると踏んだのか。

その後も年に数回、茶会だ何だとエレインはジュリウスと交流を持つよう仕向けられた。

勿論、ただ会うだけに留《とど》まらず、両親は厳しく礼儀作法や教養をエレインに叩《たた》き込《こ》み、金に糸目を付けず容姿を磨かせた。

必ず王太子妃に選ばれなさいと言われたのは、一度や二度ではない。もはや彼らの口癖に等しかった。

物心ついた時から毎日両親の決めた課題をこなし、万が一達成できなければ折檻《せっかん》を受けるのは当たり前。食事を抜かれ、ドレスで隠れる場所を殴られて。『この程度ができないなんて、お前は失敗作だ』と罵られたこともある。

人格を否定されるのは日常茶飯事。だが彼らの期待に応えられたからと言って、褒められたこともなかった。

あくまでもエレインは、両親の決めた目標をこなせて当然なのだ。

屋敷で働く使用人たちは父と母に従順だったため庇《かば》ってくれるはずもなく、昔から頼れる相手はいなかった。

だから何度一人で隠れて泣いたか数えきれない。もしも人前で涙をこぼせば、余計に叱責されるのが目に見えていたので、エレインはいつしか感情を表に出すのが苦手になっていた。

ひたすら歯を食いしばり、いつか両親に認められる日を夢見て、十八年間。

そんな努力が実ったと言うべきか——この度、エレインは晴れて次期王太子妃の座を勝ち取ったのだ。しかしそれを嬉《うれ》しいと思うかどうかは、また別の話である。

——……嫌だな……

到底声には出せない。思うことすら重罪になる言葉を、エレインは夕闇に沈む水平線を眺めながら掻《か》き消《け》した。

間もなく完全に夜の帳《とばり》が下りる。今夜は月と太陽が雲に隠れていた。どんよりとした漆黒の気配が、波の音さえ不穏な音色に変える。

船上では無数の灯《とも》が灯され、浮かれた空気が漂っているのとは、皮肉なくらい真逆だ。

海上に浮かぶ船の上だけがキラキラとした喧騒《けんそう》に包まれ、その下は暗く冷たい深海に続いているとはとても信じられない。

想像すると途端に怖くなり、エレインは無意識に自らの腕を摩《さす》った。

どこからか、酔った紳士の笑い声が聞こえてくる。陽気な淑女の歌声も。

両親の願いを叶えるため、エレインは長年死に物狂いで頑張ってきた。

故に今夜の宴は、努力の末に手にした勝利の美酒に酔ってもいいはずである。今夜こそは両親に褒めてもらえると期待もしていた。しかし現実は。

――お父様もお母様も今日の準備と、来賓客の相手をするのに夢中で、私には一瞥《いちべつ》もくださらなかった……

今こうして、主役であるはずのエレインが会場内にいないことにも気づいていないくらいだ。そんなことよりもこれを機にバルフォア侯爵家の権力基盤を盤石なものにする方が重要らしい。もしくは妹のティティリアを方々にお披露目するのが忙しいのか。

――仕方ないかな……ティティリアはもう十七歳。これまで病弱だったから社交の場にはほとんど出られなかった。今年になってやっと健康になれたのだもの。この機に素晴らしいお相手を見つけたいとお父様が考えても、不思議はないわ。だけど……

侘《わび》しさはごまかせなかった。

この祝いの場において誰一人、エレインを気にかけてくれている人間はいないのだ。

ひと気のない甲板の後方で、エレインは深々と嘆息した。

王太子妃の座は、この国の女性なら誰しもが憧れる地位に違いない。

夫となるジュリウスは『王家の色』と呼ばれる艶《つや》やかな銀の髪に翠色の双眸をした美男子だ。国の式典の際は、大勢の令嬢が頬を染め熱っぽく彼を見つめていた。

高位貴族であれば、どんな手を使ってでも一族の娘を嫁がせようと躍起になるのは自然な成り行き。

だがしかし、エレインはちっとも心がときめくことはなかった。

下手に幼少期から王太子と関わりがあったせいかもしれない。

完璧な容姿に反し、ジュリウスが案外子どもっぽく傲慢で人を見下した態度を改めないことを、よく知っている。そのため、彼を異性として恋い慕ったことが一度もないのだ。

いやもっと歯に衣着《きぬき》せず言うならば、『嫌い』だ。あの男とこれから一生を共にするのかと想像すると、先ほどから溜《た》め息《いき》が止まらなくなっていた。

――本音を言えば、私はジュリウス様の妻になりたくないわ……

その上、いずれ王妃になるという野心もない。父とは違い権力や地位、名誉を欲したことはなかった。エレインに王妃の座は荷が重く感じる。

勿論、長年の努力と身につけた知識で大役をこなせると自負しているが、『国に一生を捧《ささ》げる』ほどの愛国心は培われなかったのだ。

全ては父と母が望むから。

それ以外、エレインを今日まで衝《つ》き動かす原動力になり得なかった。

今更気づいた真実に苦笑してしまう。もう引き返すことは勿論、やり直しがきかないのに、自分の間抜けさにいっそ泣きたくなった。

残念ながら、涙などもう何年も一滴だって流していないのだが。

明日になれば、新聞にも今夜の宴の件が載るだろう。そうしたら、貴族たちだけでなく平民にもエレインが王太子妃に選定されたことが知れ渡る。

その後は国を挙げて結婚式が執り行われ、いずれ王妃になってジュリウスと共にディンバーグ国を治めることになる。

正直なところ彼はあまり国政に興味がないので、その分エレインに負担がかかるのは必至だ。

優秀な魔術師を大勢抱えるこの国は、数百年間戦争と無縁で豊かなため舵取《かじと》りに難儀しないとしても、その分国内の腐敗が深刻な問題であるとジュリウスがどれだけ理解していることやら。——と未来を想像し、エレインはますます陰鬱な気分になった。

——私、今日の主役のはずなのに、ちっとも嬉しくない。

ぼんやりと両掌を眺め、虚《むな》しさを堪えきれなかった。

思い返したら、輝かしいはずの未来が、この上なくくすんで見える。さながら太陽も月も姿を隠した今宵《こよい》の空同然。光は、船上の紛《まが》い物《もの》しか見当たらなかった。

——いっそこの船で、どこか異国まで行けたらいいのに。

現実逃避の夢想に耽《ふけ》り、己を慰める。そのくらいしか、今のエレインにできることはない。これから始まるジュリウスとの長い人生を想像し、沈む気持ちを必死で鼓舞した。

――考えても無駄だけど、もし自由に好きなことができるとしたら、私はジュリウス様ではなく『あの人』と――

ふと、脳裏に過る姿がある。

ジュリウスと同じ銀の髪に翠の瞳の少年の姿が、一瞬エレインの頭の中に瞬いた。だが次の瞬間にはその面影は跡形もなく消《き》え失《う》せる。

残されたのは、幻影とも呼べぬ残像。もう一度手繰り寄せようとしたが霧の如く薄れ、二度とエレインの脳裏に浮かぶことはなかった。

――え？　今のはいったい……何か思い出そうとした？　でもジュリウス様に似た子どもなんて、私は他に知らないわ。王家にあの年頃の男性はジュリウス様だけだし。

胸の奥に残るざわつきが不可解で、落ち着かない心地になる。

エレインは激しく頭を左右に振り、奇妙な感覚を振り払おうとした。

――気が昂《たかぶ》っているのかな、私。

きっとそうだ。それ以外考えられない。ようやく目標を達成できたことで、喜びはなくても興奮していたのだとエレインは自身を納得させた。

苦笑し、そろそろ船内に戻ろうとした、その時。

ドンッという音と共に空気が揺れ、夜空に光が瞬いた。煌《きら》めく火薬が暗がりを数秒照らし、チラチラ色を変えながら消えてゆく。

再び空が暗闇に戻る前に、次の花火が打ち上げられた。

人々の中から歓声が上がる。何人かは甲板に出て上を見上げていた。光に照らし出された顔は驚きと感嘆に染まり、『流石《さすが》はバルフォア侯爵家だ』と囁《ささや》き合っている。

これほどの花火を用意するには、並外れた財力と魔術師たちの協力を得られなければ難しい。つまり、エレインが王太子妃に内定したことを祝うために打ち上げられたものではあるが、同時にバルフォア侯爵家の権勢を見せつける手段でもあるのだ。

——綺麗……でも、息が詰まる。

作られた花の輝きが、今のエレインには眩《まぶ》し過ぎる。眺めるのが辛くなり、視線を海面へ落とした。

黒い波にも、花火が映っている。何とはなしにエレインが少し柵から身を乗り出すと。

刹那、背中に衝撃を感じた。

ぶつかられたにしては、つい先刻まで周囲に人影はなかったはず。

だが、脇腹が急激に熱くなってくる。その上濡れた感触が腰を中心に広がった。

「……え？」

暑いのに寒い。妙な震えが指先まで走る。

あ、と思った時には身体から力が抜け、エレインは柵にしがみついて体勢を支えた。

今や熱を感じた部分は痛みを訴えている。自分に何が起きたのかが分からない。

混乱したまま振り返れば、そこには黒尽くめの男が立っていた。

「な、何……?」

「エレイン様、私を恨まないでくださいね」

男の顔は、見えなかった。

丁度花火が途切れ、漆黒の闇が戻ったせいだ。しかも花火を打ち上げる大きな音に耳が麻痺《まひ》していたのか、それとも頭が理解を拒んでいたのか、男の言葉も上手《うま》く理解できない。

ただ茫然《ぼうぜん》と正体不明の何者かと対峙《たいじ》するのみ。彼の手には、血濡れの鋭い刃が握られていた。

──私……刺されたの?

離れた位置では、立て続けに上がった花火を見上げる人が大勢いた。けれどエレインたちへ意識を払う者は皆無。

呼吸がおかしな音を奏で、視界がどんどん狭まってくる。脂汗が額に滲み、目に沁《し》みた。さりとてそれを気にする余裕もなく、エレインの全身が震え出す。

どうにか助けを呼ぼうとしたが、吸い込んだ息が声になることはなかった。

──どうして?

逃げろと脚に命令を下しても動けず、エレインは無様に首を横に振った。

せめてこんな目に遭う理由が知りたい。だが質問すら吐き出せず、限界まで柵に寄り掛かることで男との距離を保とうと足掻《あが》いた。

「何故こんなことになったのか、疑問を感じていらっしゃるようですね。ですが、エレイン様が知る必要はありません。どうせ貴女《あなた》はここで死ぬのですから」

「……っ」

男の歯が剥《む》き出しになる。もしかしたら、笑ったのかもしれない。

眼前の男が刃物を構え直し、エレインは本能的に背をのけ反らせた。逃げ場など、どこにもないのに。『死にたくない』思いが身体を動かしたのだろう。

けれど全ては無駄な努力。絶体絶命の窮地から逃れる方法は存在しなかった。

後方へ身体が傾《かし》ぐ。

柵に思い切り寄り掛かるあまり上半身が大きく外へ飛び出して、バランスを崩す。

脚が床から浮き、瞬《まばた》き一つの間にエレインは空中へ投げ出されていた。

──落ちる……っ！

船の外は海。大怪我を負った身で落下すれば、無事で済むはずがなかった。

夜空を彩る花火が何発も上がる。

招待客の視線は空へ釘付け。誰もエレインの悲劇に気づく者はいなかった。

「助け──……っ」

伸ばした手は何も掴《つか》めず、大きく息を吸った直後、エレインは海面へ叩《たた》きつけられた。

「がぼ……っ」

上も下も分からない。濡れたドレスが重石《おもし》となり、息ができず沈んでゆく。そもそも泳ぎ方なんて淑女であるエレインは知らなかった。

塩辛い水が口や鼻から入ってくる。

夜を凝縮した海中は、船上で見上げた空よりも格段に暗い。手足を動かすほどに、体中が重くなってゆく錯覚があった。

同時に痛みは反比例して薄れてゆく。いや、感覚の全てが滲んでいった。厳しい痛苦も曖昧になる。闇に塗り潰され、もはや何も見えなくなった。

──死ぬ。

それだけが、はっきりと理解できる。あと数十秒。長くても数分。

溢《あふ》れた涙は海水と混じり、水泡と共に上って消えた。

もがいていた指先が強張《こわば》ったまま動きを止め、脚をばたつかせる力もない。自分の髪が水中で揺らぐのすら視認できず、なお深い暗黒へ堕《お》ちていった。

──私が王太子妃に選ばれたのを不満に思った誰かの仕業……？　本当は望んでいないものを得たせいで命を奪われるなんて、理不尽だわ……

このまま誰にも知られぬまま死にたくない。

溢れる感情がごちゃ混ぜになり、エレインの意識は海中に溶けていった。けれど。

「――絶対に、貴女を死なせない」

人の声が聞こえたと思った瞬間、引っ張り上げられる感覚に襲われた。

ただし、霞《かす》んだ視界では何も捉えられない。耳だけが辛うじて音を拾い、自分が今海中にいるのかどうかも判断できなかった。

五感は麻痺している。夢か現かも不明。それでも自身が致命傷を負っている現実は、皮肉にも実感できた。

――無理よ……もう助からない。

「どんな手を使ってでも、貴女を生かす」

――不可能でしょう。もう、指一本動かせないのに。

間もなく完全に呼吸が止まる。エレインの肉体は確実に死へと向かっていた。

「僕なら……できる。どうか信じてほしい」

――無駄なことはしなくていいのに……

「無駄じゃない。貴女を喪《うしな》ったら、僕が生きている意味がなくなってしまう」

声が出せない状況であり得ないが、会話になっている気がして、エレインの口元がヒクついた。

ひょっとしたら一人寂しく死にゆくエレインを憐《あわ》れんで、神様が苦痛を取り除き、束の間の夢を見せてくれたのかもしれない。

その証拠に懐かしい香りで包まれた気がした。

――花の、匂い……

こんなところには咲いているはずもない無数の花。

記憶が刺激され、何かを思い出しそうになる。しかしやはり全ては、端から崩れて掴めなかった。

ただ唇へ柔らかなものが重なったのが分かる。

それが何であるのか確かめたくて、エレインは懸命に重い瞼《まぶた》を押し上げた。

視界に映るのは霞《かす》んだ光景。夜だけが原因ではない。視力が役立たずになっている。

けれど辛うじて捉えられたものは。

――銀と翠の……

闇の中でも鮮やかに浮かぶ色彩。

花火が照らす夜空よりもずっと美しく神秘的で、どうしようもなく懐かしい。

エレインの頬を涙が伝い落ち、意識は完全に暗転した。


目覚めた場所は、見知らぬ部屋のベッドの上だった。

天井も調度品も、窓から望む景色も全て、エレインに覚えはない。半円状の部屋の中央に巨大なベッドが置かれていて眩しいくらいに明るかった。

不思議な造りの部屋だと思う。こんな建物は知らない。驚いて飛び起きようとしたけれど、鉛のように重い身体をベッドから引《ひ》き剥《は》がすのは簡単ではなかった。

――ここは……どこ？　私は王太子妃内定を祝う宴で……

船に乗っていたはず。金をかけた豪奢《ごうしゃ》な祝宴は、二日間開かれる予定だった。国中から大勢の客が集まり、無数の贈り物と祝辞に囲まれ、一日目の終わりにはこれまた豪勢な花火が打ち上げられ――

そこまで思い出し、エレインは双眸を見開いた。

――あの夜……私は死んだはずじゃ……？

正体不明の襲撃者に刺され、海に転落した。しかもどう考えても致命傷を負って。にも拘《かかわ》らず、どこにも痛みはなく、呼吸だって支障なくできている。何ならよく眠った後の気怠《けだる》さがあるくらいだ。

――全部……夢、だった？

だとしたら、どこからどこまでが。もしや自分が王太子妃に選ばれたことも幻だったのか。

動揺の只中《ただなか》で、エレインはゆっくり上体を起こした。

時間をかけ慎重に頭を上げ、ふらつかずベッドに座ることに成功する。眩暈《めまい》もない。

念のため刺された脇腹を確認すると、そこには擦り傷一つ存在していなかった。

滑らかな白い肌はエレインを一層混乱させる。本当に何もかもが夢だったのかもしれない。そうとでも思わなければ、納得できなかった。

「え……？　わ、私……どうしてしまったの」

仮に丸ごとエレインの悪夢だったとして、それでもこの部屋には見覚えがなかった。

バルフォア侯爵家の自室よりやや狭いが、上質な内装と家具は趣味の良さが窺える。貴族の邸宅なのは間違いない。それもかなり裕福だと思われた。

――もしかして私が立ち入ったことのない部屋なのかしら？

広大な侯爵家全ての部屋を把握するのは不可能だ。おそらく一生エレインが足を踏み入れない場所もあるだろう。だから見知らぬ部屋があっても不思議はない。

もしかしたら何らかの理由で、エレインの自室ではない部屋に寝かされていることも考えられた。

――そうよ……たとえば意識をなくした私を運ぶのが大変だったとか、お医者様の都合とか……ああ、でも傷痕がなくなっているのはどう説明がつくの？

いくら考えても分からない。不安に駆られ、キョロキョロと室内を見回した。

すると、窓から望む景色が随分高い位置からであるのにようやく気づく。

二階や三階ではない。もっと遥《はる》かに高い――山の上から下界を眺めるのに似ていた。

——もっとも、登山なんてしたことはないけど……お城の塔からの眺望より、遠くまで見渡せる。

よろめく足でベッドを抜け出したエレインは、大きな窓へ近づいた。

そもそも、こんなに巨大な窓は初めて目にした。しかも透明度の高い硝子《がらす》が嵌《は》め込《こ》まれている。これほどの技術を持つ工房は多くあるまい。

——こんな優秀な腕を持つ職人や魔術師の方を私が把握していなかったなんて……今後は是非王家で支援するよう助言しなくては……

王太子妃になるべく施された教育の賜物《たまもの》か、ついそんなことを考えてしまった。が、エレインの思考は次の瞬間全て吹っ飛ぶこととなる。

「な……っ」

窓からの眺望に絶句した。

高い塔などという域ではない。もっと遥か上——雲にも届きそうな高みから下界を見下ろすことになったからだ。

王都を守る城壁が全部視界に入る。家々は点のように小さく見えた。遠くの森や山、海までが一望できる。それどころか、海原の彼方《かなた》に浮かぶ島までが確認できたのだ。

「な、な……」

驚愕《きょうがく》のあまり言葉が出てこない。現実とは思えない光景に、エレインは思わずよろめき後退《あとずさ》る。

　すると背中が何かにぶつかった。

「……目が覚めたのか？」

　高い位置から降ってくる低音が耳に注がれる。ゾクッと慄《おのの》きが走り、エレインは上へ視線を向けた。

　だが顔が見えない。

　そこには、背後からエレインの肩を抱き、こちらを見下ろす男がいた。

「いきなり動いては、身体に触る。もう少し横になっていた方がいい」

　深く被ったフードと、垂れ下がる布に鼻から上が隠されていたからだ。おかげで瞳は勿論、髪色すら分からない。

　その上纏《まと》った服は体形の窺えない、ゆったりとした濃紺のローブ。手には不思議な図形が描かれた長手袋をしている。つまりエレインが視認できるのは男の口元のみ。

　これでは、見た目から得られる情報はないに等しかった。

　ただ、声の質とエレインの背中が触れた胸板の逞《たくま》しさから、さほど年配ではないだろうと推察するだけだ。

　――それから……とても身長が高い。あとは……綺麗な肌……

　下から見上げる体勢なので、男の顎が視界に入った。滑らかできめが整っており、作り物めいてすらいる。

男の素肌が確認できる部分が口周辺しかないせいで、エレインは無意識のうちにじっと見つめてしまった。

「……痛みや違和感がある場所は？」

だが彼はこちらの視線を気にした様子もなく、静かに問いかけてくる。耳に心地いい美声を注がれ、わけの分からぬ状況で混乱していたエレインは毒気を抜かれた。

「ぁ……平気、です。ご心配をおかけして、申し訳ありません……」

「謝る必要はない。それよりも、まだ長時間立っているのは身体によくない。ベッドへ戻って」

有無を言わさぬ、人に命令し慣れている物言いだと感じた。

国内でそれなりの発言権を持つバルフォア侯爵家の令嬢であるエレインに、こういう言い方をする人間は少ない。普段のエレインであれば、矜持《きょうじ》を傷つけられていただろう。

けれどこの時は、不思議と不快感は抱かなかった。

あまりにもごく自然に手を取られ、ベッドへ誘導されたからかもしれない。もしくは背中に添えられたもう片方の手が温かく、エレインへの労《いたわ》りが伝わってきたおかげか。

とにかく操られているかの如く、脚が前に出てエレインはベッドへ腰かけた。

「これを飲みなさい。空腹か？」

「え、ぁ、お腹《なか》は空いておりません。その、ありがとうございます」

空腹感はないが、急に喉の渇きは覚えた。

差し出された硝子の器には、葡萄《ぶどう》の絵が彫刻され、指先で摩ると立体感がある。しかも縁と柄の部分だけ緑色があしらわれており、注がれた液体の色が透けると、一層幻想的に感じられた。

その上、重くないのだ。

こんな繊細で美しい製品を目にしたのは初めてで、エレインは大いに感嘆した。

「素晴らしい傑作ですね……いったいどこの工房の――」

「そんなことより、飲みなさい」

「あ、は、はい」

器に満たされた淡い青の液体は見慣れないものであったが、エレインは迷わず口をつけた。

これも、いつものエレインならば考えられない。常日頃から、『もしも』のために警戒は怠らないと決めている。

高位貴族の娘として軽はずみなことはできないし、両親には『誰にも隙を見せるな』と厳しく躾《しつ》けられていた。

足を引っ張られる真似《まね》は、絶対にしてはいけない。常に完璧でいなくては。そのためには、正体の知れないものへ口をつけるなど、あり得なかった。いったい何が混入されているか、考えるだけで恐ろしい。

しかし何故か、今は警戒心が湧かなかった。

澄んだ液体がとてもいい匂いであったこと、男から害意が感じられないこと、妙に自身の肩の力が抜けていること――それら全ての要因がエレインを安らがせていたからだと思う。

この十年以上感じたことのない穏やかな気分で、エレインは謎の液体を飲み干した。

「……甘くて……美味《おい》しいです」

「それはよかった。僕の調合した栄養剤に花の蜜を混ぜてある」

「貴方が?」

ならば彼は医者か。もしくは――

「貴方は魔術師ですか?」

奇妙と言っても過言ではない男の格好は、とても医師のものではなかった。よく見れば、手袋に描かれた模様は何らかの陣だ。

そして顔を覆い隠す布にも、複雑な図形が同色で刺繍《ししゅう》されていた。光の当たり方によって、時折キラリと光る。

それらは決してお洒落《しゃれ》のための装飾ではない。魔術師たちが使う計算式を図柄にしたものだった。

「よく知っているな。我々は滅多《めった》に人前に姿を現さないのに。しかも式典では簡素な白のロー

「我が家にも、よく魔術師の方が出入りしておりますので……」

基本的に国家に属する彼らは王家直轄の組織に組み込まれる。その力を揮《ふる》うのは、国王の命令が下った時。だが中には直接貴族の依頼を受けて私腹を肥やす者がいるのだ。

公的な給金だけでは満足できないのだろう。

多少の自由と特権を与え、魔術師たちの不満を解消する。王家もある程度ならば目を瞑《つぶ》る、公然の秘密だった。

「なるほど？」

男の唇が僅かに歪《ゆが》む。

笑ったようであり、皮肉に吊《つ》り上《あ》がったようにも見えた。しかし色の薄い唇の形は極上で、そこだけしか見えないにも拘らず、彼の容姿はとても整っているのではないかと馬鹿げた想像をしてしまう。

勿論、エレインはすぐさまそんな考えを振り払った。

「ご、ごちそうさまです。それより——ここは？」

硝子の容器を男に返し、エレインはこの場の空気も変えるつもりで背筋を正した。

改めて気持ちを切り替え、気になっていたことを問う。

自分の記憶では、刺された後に海へ落ちた。そして死を覚悟したのに、今はこうして身体に不具合は一つもない。

それどころか傷痕は消え失せて、途轍《とてつ》もなく高い場所にある部屋で目覚めるなんて、何がどうなっているのか。冷静になろうとしても難しい。

質の悪い悪夢を見ていたとするなら、目の前にいる魔術師は父が手配してくれた可能性もあるが――それにしても説明できない事態だらけで、エレインは混乱の極致にあった。

「ここは、僕の私室だ。魔塔《まとう》の中にある」

「ま、魔塔？」

噂には聞いたことがある。

魔術師の、それも特に高位の者だけが住むことを許された、謎多き塔。場所ですら一般には知られていない。どこか万年雪と氷に守られた山の頂上に建っているとか、危険な魔獣が数多《あまた》住む森の奥や天空に浮かび漂っているなんて話もあった。

眉唾物の中には、魔術を使わねば行き来できない異界にあるのだとも。

エレインは『そうは言っても、王城の敷地内にあるのではないの？』と考えていたのだが、どうやら噂はあながち間違いではなかったらしい。

少なくとも、窓からの景色には度肝を抜かれる説得力があった。

「でも、魔塔には魔術師以外立ち入れないのでは……」

「確かに、一般人は立ち入り不可だ。過去侵入を試みた者は、即処刑されている」

「えっ」

驚きのあまり、息が止まりそうだ。

エレインは暢気《のんき》に座っている場合ではないと思い、ベッドから立ち上がった。

「わ、私屋敷へ帰ります。あの、もしも手当てしてくださったなら、ありがとうございました」

刺された傷痕が消えていても、あの夜の出来事が全部幻だったとは信じられない。

まだ、生々しく痛みや息苦しさ、恐怖を身体が覚えている。おそらく、何かはあった。

――何もかもあやふやだけど、きっと助けてくれたのよね？

ならば礼を告げなくてはならない。エレインが深く頭を下げれば、彼も腰を上げた。

「帰る？　どこへ？」

「ですから、バルフォア侯爵邸へ……きっと両親も私を探しています。あ、あれから何日経《た》ったのでしょう？」

魔塔でないと治療できない容体だったのかもしれない。だとしたら、両親はエレインの安否を気にしているはずだ。

それが『娘の無事を祈る』のではなく『せっかくバルフォア侯爵家から王太子妃を出せる可能性がご破算になる気掛かりだったとしても。

秘《ひそ》かに後ろ向きなことを考えて、エレインは慌てて打ち消した。

今は卑屈になっている場合ではない。とにかく自身が元気であることを家族に伝えるのが最優先だと思った。

「貴女の言う通り、侯爵夫妻はエレインを探してはいたね。宴の最中、何らかの事故で船から海へ転落したと公式発表があり、大掛かりな捜索をしていた。ただし、一週間もしたら諦めて、早々に葬儀を執り行っていたが」

「え……？」

葬儀という衝撃的な単語に絶句した。

つまり自分は既に死んだと思われているのか。しかも——

「あの夜から一週間以上経過していたのですかっ？」

エレインが意識不明の間にそんなに日数が経っていたとは。更に葬儀まで済んでいると聞いては、愕然《がくぜん》とせずにいられなかった。

——そんな……海に落ちたのなら生存の可能性は低いかもしれないけれど……もっと探してくださってもよかったのでは……

正直なところ、両親から肉親の情を感じたことは少ない。それでも娘の無事を信じるくらいはしてくれるものだと思っていた。

「一週間ではない。あの夜からもうひと月は過ぎている」

「⁉」

だが驚愕は一度では終わらなかった。

よもやあの日からひと月が経過したなんて、いったいどうして信じられるものか。

エレインの感覚では、ほんの数日程度だ。一週間と言われても『まさか』の思いが強いのに、いくら何でも一か月は想定すらしていなかった。

「ひ、ひと月なんて、あり得ません。そんなに長い間意識が戻らなければ、人は衰弱して生きていられるはずがない」

「普通ならそうだ。だが重傷を負い昏睡《こんすい》する貴女の命を繋ぐ程度、僕には大した労力ではない」

事も無げに男は宣《のたま》う。

確かに魔術師は医術や薬学にも精通しており、場合によっては断たれた手足を繋げたり、失われた機能を回復したりすることもあるのだ。

とは言え、それらは魔術師個人の力量が大きく関わってくる。瀕死《ひんし》の人間を復活させ意識のない状態で長い期間延命させられる腕を持つなど、あまりにも規格外だった。

「待って、待ってください。頭が上手く回りませんが……私、やっぱりあの晩何者かに刺されましたよね？」

「ああ。この辺りを刃で貫かれた」

「ひゃぅッ」

男の長い指先で脇腹をなぞられ、エレインはつい悲鳴を上げた。

むず痒《がゆ》さと羞恥が募る。身体に刻まれた痛みの記憶は、たちまち奇妙な感覚に上書きされた。

「完璧に治して、エレインの肌には傷一つ残っていないが、痛みがあるか？　見せてみろ」

「そ、そ、そういうことでは……大丈夫ですから！」

放っておくと服をたくし上げて検分してきそうな男から距離を取り、エレインは乱れる呼吸を必死で整えた。

ジンジンと脇腹が疼《うず》く。顔どころか全身が上気してゆくのが分かった。

「だったらよかった。他に聞きたいことは？」

質問は山ほどある。逆にあり過ぎて何から問えばいいのか悩むほどだ。それでも深呼吸する間に、エレインは一所懸命頭を整理した。

——私が船で襲われたのは事実で、あの夜から一か月が経っていて、世間的には死んだことになっているの？　それなら私の治療を依頼したのは両親ではないってこと？

医者ではなく、魔術師に治療を依頼するのは莫大《ばくだい》な金額がかかる。それに王家の承認も必要だ。

赤の他人が善意で行うなんてあり得ず、エレインはますます困惑した。

——全然わけが分からない……

「私を刺した犯人は……？」

「未《いま》だ捕まっていない。事件と認識もされていないな。あの夜の件は、宴の最中エレインが姿を消し、海に落ちた音を聞いたという証言により事故として片づけられた」

「そんな……」

頭痛がする。眩暈もした。いっそ全部が夢であったらどれだけ救われたことか。

だがこれが現実なのだ。

エレインが直面した惨劇は、誰にも知られていない。花火の音と光で、卑劣な犯行は覆い隠されてしまったらしい。ただ、エレイン自身の不注意で起きた事故として。

「で、では私はどうして生きているのですか？」

「僕が助けたからだ」

全くもってその通りなのだろうが、欲しいのはそういう答えではなかった。

誰が、どんな目的で、大金を投じてまでエレインを救ってくれたのかである。しかも生存していることをひと月も公表せず。

「顔色が悪い。座りなさい」

命令じみた言葉に、逆らう気力はなかった。

エレインは虚脱したようにベッドへ戻る。目覚めてから動揺はひどくなる一方だった。

「どなたの指示で、私を救出してくださったのですか……？」

一番可能性が高いのは王家だが、それなら死亡扱いにされたのは解せない。

結局、どんな理由も整合性が見つからなかった。

「いや。貴女は何か勘違いしている。誰にも指示や命令はされていない。僕の一存で行った」

またもや驚くべき事実を告げられ、もはやエレインの許容範囲はとっくに超えていた。

自分には魔術師と個人的な接点はない。それならば面識もない人物が並々ならぬ労力をかけてエレインを救う見返りもなかった。

「な、何故」

「僕がそうしたかったから」

会話のようで答えになっていない。上手くはぐらかされている気もして、もどかしい。核心に触れられない苛立《いらだ》ちで、エレインの焦燥感が高まった。

「……そ、それでも両親に会いに帰らないと……」

そして死亡の発表を撤回してもらうのだ。王太子妃に決定したばかりの娘が命を落としたとあっては、バルフォア侯爵家の面目も丸潰れに決まっていた。

その上、事故として処理されているなら、エレインを襲撃した犯人は野放しだ。

これ以上大事にならないようにするため、一刻も早く捩じれてしまったものを正常に戻すべきだと焦った。

「今更戻っても、貴女の居場所はないと思うが？　きっと誰も歓迎しない」

「そんな言い方……っ」

控えめに言って、両親が愛情深いとは思っていない。それでもエレインが王太子妃に選ばれ、誰よりも喜んだのは彼らだ。

だったら、娘の生存を願わないなんてあり得なかった。

「私はジュリウス様の婚約者です。家のためにも、一刻も早く生きていることを伝えないと……っ」

「王太子ジュリウスの新たな婚約者ならば、もう大々的に発表された」

「新たな、婚約者？」

今日一日で、何度愕然とすればいいのだろう。

もはや驚きの連続で麻痺した頭は、疑問符に埋め尽くされた。

「バルフォア侯爵家の令嬢、貴女の妹であるティティリア嬢が王太子妃に決定した。既に内定ではなく国内外に正式発表され、賓客を招いた宴も近日中に開催予定だ。だから今更貴女の生存を知ったら、家族は誰も喜ばないどころか困るに違いない。せっかく王家の怒りを静め、双方納得のいく落としどころが見つかったのに。実は生きていますとのこのこ姉が現れたら、壮大な茶番になりかねない。一歩間違えれば不敬罪に問われる」

本日一番の衝撃に、声も出なかった。

エレインが悲劇に見舞われたことを、誰も知らない。目に見える事実は、エレインが王太子妃内定直後に姿を消したことだけ。それも愚かにも勝手に海に転落して。

さもなければ結婚が嫌で逃げ出し、ひと月経ってから気が変わり戻ったかのよう。

どちらにしても迂闊《うかつ》で身勝手な、とても未来の王妃の器ではない。

王家の憤りは如何《いか》ばかりだったのか、想像するだけで背筋が冷えた。ティティリアが代わりに嫁ぐことでようやく怒りの矛先を逸《そ》らしたのだとしたら、エレインの存在は邪魔者以外何者でもない。

むしろ生きていると知られては、困る。

自分がバルフォア侯爵家の脅威になるのだと思い至り、エレインは戦慄《わなな》いた。

「どうして……っ、私が生きていることをもっと早く両親に伝えてくださらなかったのですか……！」

絶望感がお門違いな怒りとなって魔術師の男へ向けられた。

抱えきれない困惑が、攻撃的な言葉になる。彼は自分の命を救ってくれた恩人だと頭では分かっていても、抑えられなかった。

「貴方がきちんと告げてくれていたら――」

涙が溢れる。泣いたのは随分久しぶりだ。とめどなく込み上げる滴《しずく》で、視界が歪んだ。

その滲んだ光景の中で、彼がほんの少し辛そうに顔を歪めた気がする。表情はほぼ見えないのに、何故かそう感じた。

そしてそのことが、エレインを多少冷静にしてくれる。

彼に当たっても仕方ないと、早くも後悔が擡《もた》げた。

「……その点に関しては申し訳なかった。ただ、確実に助命できるかどうか分からなかったから口外は憚《はばか》られたし、あちこちに根回しする時間も余裕もなかった。それに――王家の命令なく禁術を使ったので、公表は難しかったんだ」

「禁術？」

並べられた説明は、それだけエレインの状態が悪かったことを示していた。まさに、死んでもおかしくなかったと言外に言われている。生きている方が奇跡だとも感じられた。

「エレインの負った刺し傷は、致命的な臓器を傷つけていた。普通の医者であれば、海から引き揚げても手の施しようがない。並の魔術師でもお手上げだった」

「それじゃ……貴方はどうやって？」

魔塔で暮らしているのなら、その時点で男は高位の魔術師に決まっている。そんな彼が言う『禁術』とは何なのか。

純粋な好奇心と、話がどんどん大きくなる恐怖に、エレインは瞳を揺らした。

「死にゆく人間を蘇《よみがえ》らせるのは不可能だ。長い歴史の中でも成功した魔術師はいない。研究することすら罪になるし時間の無駄だ。でもそんな理屈はあくまでも並の魔術師なら、という前提の話でしかない」

そこで一度言葉を区切った男から目を離せず、エレインはゴクリと喉を鳴らした。

完全に彼の放つ空気に気圧《けお》されている。

この先を聞いてはいけないと本能が叫ぶ。耳にすれば、巻き込まれる。何にかは分からなくても、引き返せない道へ足を踏み入れてしまう予感があった。

「魔塔の主《あるじ》である僕ならば可能だ。ただしそれなりの代償を支払わねばならないけどね」

形のいい唇が弧を描く。たったそれだけで、妖艶な気配が滲んだ。

男の微笑は麗しく、邪悪でもある。真正面で目撃してしまったエレインは、息もできずに釘付けになった。

「魔塔主《まとうしゅ》……貴方が？」

魔術師たちの頂点にして、最も力を持つ者。

特に当代の魔塔主は、段違いの実力を持つと聞いたことがあった。不可能を可能にし、これまでの常識を根底から覆すほど、圧倒的な才能に恵まれていると。

ただし年齢も性別も不明。来歴を知る者はいない。その素顔も謎に包まれていた。

――先代の魔塔主が老衰で亡くなり、代替わりしたのは知っていたけれど、こんなに若い方だったの？

ハッキリとした彼の年齢は不明だが、高齢でないのは確かだった。

いくら才能があっても、本来は長い修行や経験がものを言う世界だ。そのため、高位の魔術師には壮年以上の者が多い。

バルフォア侯爵家に出入りしている魔術師も、かなりの年寄りだ。祖父の代から付き合いがあるらしい。

だというのに、エレインを救ったと主張する男はあまりにも若く、その点一つをとっても騙《だま》されている心地がして仕方なかった。

――何を信じればいいのか分からない……ああ、でもこの方が私を騙す理由も思いつかない。だったら、全部事実なの？

「禁術とおっしゃいましたよね。代償とも……それは何ですか？」

「貴女は冷静に現状を理解しようとする人だな。泣き喚《わめ》くばかりでなくて、安心した」

「さ、先ほどのことは、混乱して――お見苦しいところを見せ、失礼しました」

心の限界値を越え、騒いだことが恥ずかしい。涙が完全に引っ込んで、エレインは俯《うつむ》いた。

「見苦しくないし、失礼もしていない。誰だってこんな目に遭えば混乱して当たり前だ。それに――……変わっていないと安心した」

「え？」

「何でもない。こっちの話だ」

軽く頭を撫《な》でられて、乱れた髪を直された。

彼の手付きの優しさに心臓が変に高鳴る。こちらの耳を掠《かす》める指先が奇妙な既視感を呼んだ。

あった。

——この感じ、前にもどこかで……

懐かしさがエレインの心を騒《ざわ》めかせる。けれど同じ強さで『駄目だ』と制止をかける何かが

——もっときちんと封印し、沈めておかなくては。絶対に浮上しないよう、何重にも重石をつけて二度と探ろうとも思わぬように——

「代償は、僕の命だ」

「えっ」

エレインの内心の葛藤は、男の台詞《せりふ》で吹き飛ばされた。

記憶を掘り起こしかけていたことも遠くへ追いやられる。それほど彼の答えは破壊力の塊だった。

「い、命？」

「人ひとり死神から取り返すには、相応の対価が必要になる。僕とて、何も差し出さずには不可能だ」

「そ、それでは私は貴方を犠牲にして……っ？」

他人を踏みつけて自分だけが助かろうなど、夢にも思っていなかった。もし己の与《あずか》り知らぬところで他者を搾取していたとしたら、エレインはとても自身を許せない。

「安心してくれ。僕はこれでも歴史上最も優れた才を持つ魔術師と謳《うた》われた身だ。寿命を削る

気はない」

「でしたらいったい……」

見た限り、彼は健康そのものだ。どこかが不自由にも思えず、むしろ若者の生命力が感じられた。

「僕と貴女の命を連結させた。そうして拒絶反応が起こらないよう、ひと月かけてゆっくりと僕の魔力をエレインに注ぎ続けたんだ。出力調整は繊細だが、僕にはそう難しい話でもない。それに日々少量ずつだから、こちらの負担にもならない。安心したか？」

簡潔な説明は、さも理解されないわけがないと言わんばかりだった。けれど魔術師ならばともかく、エレインはごく普通の人間だ。

彼らにとっては当たり前の理屈であっても、まるで内容が呑《の》み込《こ》めなかった。

「命を連結？　そんなこと聞いたことがありません」

「そりゃそうだろう。僕以外誰も挑戦していない。したところで、失敗するのが目に見えている。下手をしたら術者も死ぬ上、禁術に手を出した罪に問われかねない」

聞けば聞くほど混乱が深まる。エレインは無意識に自らの身体を抱きしめた。

「寒い？」

「え、い、いいえ……」

気遣わしげな声音で問われ反応に困る。ここは『助けてくれてありがとうございます』と頭を下げるべきなのか。それとも『勝手に何をしてくれたんだ』と糾弾すべきか。

迷っても、答えはどうしても見つけられない。

とにかく分かったのは、眼前の男が施《ほどこ》した禁術によって、エレインが辛うじて生きているということだった。

――そして私に帰る場所はない……

戻れば、ティティリアとジュリウスとの結婚に水を差す。エレインが死んだと思われているからこそ、バルフォア侯爵家は許されたのだ。

――私が姿を現したら、確実に火種になる。だったら私はどうすればいいの？

行く当てはない。物心つく前から王太子妃を目指せと言われ、そのためだけに努力を重ねてきた。

貴族令嬢として最高の教育を受け、外見を磨いて……そんな生き方以外知らないのだ。

船に乗って海の向こうへ行ってしまいたいと夢想するのは、所詮現実味のない空想のみ。実際には、『自由』をチラつかせられてもエレインは呆然《ぼうぜん》としていた。

――でも、ずっとこうしてはいられない。

今は先々のことを考える余裕はなくても、みすみす野垂れ死にはしたくなかった。せっかく拾った命なら、大事にしたいと思う。

戸惑いを押《お》し退《の》け湧いたのは、解放感と『生きたい』という願望だった。

そして生来の逞しさが顔を覗《のぞ》かせる。未来への不安を凌駕《りょうが》して、胸が高鳴った。
――ジュリウス様との婚姻が白紙になったのなら、これからは私自身のために生きてもいいのではないの？

両親の顔色を窺うのではなく、己の願うまま。
エレインにはまだ『自分の望み』が何なのか具体的には思い描けなかったが、心細さの奥に希望が灯る。

どうせ世間的には死んだ身。誰からも何も望まれていないのなら――
――自力で生きていく術を見つけなくては。

「あ、あの……助けていただいたことには感謝いたします。それで、その……大変申し訳ありませんがいつか必ず恩返しいたしますので、私が一人で生活できるまで色々教えてくださいませんか？」

図々《ずうずう》しい願い事をしている自覚はある。だが今のエレインに彼以外頼れる人間はいなかった。恥や外聞を気にしている場合ではない。もうエレイン・バルフォアは死んだのだと、自らに言い聞かせた。

――貴族令嬢の肩書も、元王太子妃の地位も私を助けてはくれない。それなら仕事と住む場所を手に入れないと。人生、覚悟を決めて切り替えが大切よ。
これまでどんな試練も自力で乗り越えてきた。精神的には逞しいと自負している。そうでなくては、きっと今日まで頑張ってこられなかった。

「……ここを出ていくつもり？」

しかし途端に男の声が低くなり、エレインはビクッと肩を強張らせた。

明らかに彼の機嫌が下降している。エレインが泣いて八つ当たりしても優しく受け止めてくれた相手と、同一人物とは思えない。冷ややかな空気が滲み、エレインは口を噤まざるを得なかった。

「残念だが、それは無理な話だ。さっきも言った通り、今の貴女は一度尽きた命を僕の生命力で補填《ほてん》している。だが充分だとは言い切れない。これから先も少量ずつ補わなくては魂の器が満杯になることはないだろう。僕は自分が救った相手を、途中で放り出す真似はしない。最後まで見届けなくては」

「つまり、貴方の実験結果を確認したいという意味ですか？」

わざわざ面倒事を抱え込む理由が、他に思い当たらなかった。

魔術師が、面識のないエレインを善意で助けてくれたとは信じ難《がた》い。偶然死にかけていた人間を見つけ、これ幸いと禁術の実験台にしたと考えた方が、よほどしっくりきた。

そういう経緯であれば、依頼を受けたのではなく秘密裏にひっそりとエレインを匿《かくま》っていたのも納得できる。貴重な被験体を逃したくはないだろう。

「実験結果、か。まぁそう思ってもらっても構わない。とにかく僕から離れるのは、却下だ」

「で、ではどうしたら……」

臆しながらも、エレインは彼を見つめた。

布で隠された表情はどうしたって窺えない。しかし薄布一枚では覆えない怒気が、肌を通じて感じ取れた。

「今後も定期的に力を注ぐ必要がある。そのためには僕の傍にいてくれなくては困るな」

かなり遠回しにも感じたが、このままここに滞在しろと言いたいらしい。それ自体は、エレインにとって願ったり叶ったりの申し出だ。

寝る場所に悩まず済むのは、とてもありがたい話だった。

「あの、私は助かりますが……それで貴方に迷惑がかかりませんか?」

「迷惑に思うくらいなら、最初から手出しはしない。死にかけている人間なんて他にいくらでもいる。僕は自分がそうしたいから、エレインを助けたんだ。最後まで面倒は見る」

――何だか愛玩動物になった気分だわ。

拾った動物は責任をもって飼うと宣言された気分だ。さりとて当面の住居を手に入れられたことに、エレインは心底ホッとしていた。

生き残りました無一文ですでは、話にならない。新たな道へ踏み出すどころか、いきなりのどん詰まりではないか。

やり直しを図るには、しっかりとした土台を作らねば。

――この方がどうして私を救ってくれたのか、理由はまるで分からないけど、間違いなく恩人ね。いつか絶対に恩を返さなくては。

「ありがとうございます。貴方のお名前を教えていただけますか？」

彼の名前を知らないことに気づき、エレインは淡く微笑んだ。これから先も当面世話になる予定だ。顔も呼び名も知らないままでは、どうにも居心地が悪かった。

――本当は素顔を見せていただきたいけど……それは失礼にあたるかもしれない。こんなに厳重に姿を隠されているのは、深い理由があるに違いないわ。

少なくとも、バルフォア侯爵家に出入りしていた魔術師は顔を隠してなどいなかった。他の者たちにしてもそうだ。

ゆったりとしたローブを纏《まと》っているのは同じでも、目の前の男が口元以外の素肌を一切見せない様は、特殊だ。だとしたら、見せたくないとしか考えられなかった。

「名は――ルシアという」

僅かな間は、嘘《うそ》を疑うのに充分過ぎる。咄嗟《とっさ》に考えた偽名の可能性が高い。それにルシアとは一般的に女性名で使われるものだ。

「ルシア……建国の際、ディンバーグ国王を支えたと言われる魔術師と同じ名前ですね」

「……ああ、そうだ」

やや歯切れ悪く言い、彼は口を噤んでしまった。そのせいで微妙な沈黙が訪れる。

「ルシア様」

エレインが確かめる気分で名を呼べば、しかし妙なことにとてもしっくりときた。

初めは女性名だと違和感を覚えたのに、今はそんな感覚は消えている。むしろ『ピッタリだな』と感じるのが不思議だった。

「様、はいらない」

「私の命の恩人ですから、敬意を払わせてください」

「僕の勝手にしたことだと言っただろう。感謝もいらない。それにエレインは高位貴族令嬢。僕はただの魔術師だ」

「バルフォア侯爵家に帰れない私に、その肩書は意味がありません」

——あら？　そういえばルシア様は私が誰なのか分かっていたのなら、何故莫大な治療費を家に請求しなかったの？

思い返せば、目覚めてこちらが名乗るまでもなく名前を呼ばれていた。

しかし彼が言っていたように、エレインが助かるかどうか分からず連絡どころではなかったのなら、機を逸したのかもしれない。

——いいえ。過去のことはあれこれ考えても仕方ないわ。大事なのはこれから先の未来だもの。

たとえ実験材料か愛玩動物扱いであっても、住処を確保できただけ上出来である。ここにいられる間にできる限り生きる知識を身につけようとエレインは決意を固めた。

「エレインが身分を鼻にかける人柄ではなく、安心した」

「え？　どういうことでしょう？」

「いや……貴族の中には魔術師を端《はな》から蔑《さげす》む者も少なくない。貴女がそういう考えに染まっていないなら、僕のことは好きなように呼べばいい」

「ありがとうございます。——あ、ちなみに私に魔力を注ぐというのはいったいどうやってなさるのですか？」

この国の身分制度は厳しいが、エレインは昔から『生まれた家が恵まれていただけ』で偉ぶるのはおかしいと感じていた。

そもそも貴族とは、特権を享受する代わりに人々を守る存在だ。そして魔術師は普通の人間にはできないことを成し遂げる者たち。そこに上下はないと思っていた。

だからこそごく当然のこととして、ルシアに『様』をつけるし敬いもする。まして自分が寄る辺ない身となったなら、尚更《なおさら》当たり前だった。

「気になるのか？」

「それはそうです。私の意識が戻らないひと月の間、ルシア様がしてくださったのですよね？この先もお願いしなくてはなりませんし、自分のことは把握しておきたいのです」

力強く頷いたエレインを、彼がじっと見つめてくる。ただ目が布で隠されているので、きっと視線が合っていると予測するしかないのだが。

何故かまっすぐ凝視されていると感じた。

「……丁度いい。そろそろ次の供給の時間だった。今ここで実際に見せよう」

「ありがとうございます」

話が早くて助かる。

エレインは何の疑いもなく無防備に、こちらへ顔を寄せるルシアを見守った。

——え？

あまりにも距離が接近し、このままでは顔がぶつかってしまう——そう思い頭を逸らせかけた刹那、後頭部に彼の手が添えられた。その上、強い力で引き寄せられる。

あ、と焦った直後には、唇へ柔らかなものが重なっていた。

それはルシアの唯一晒《さら》された場所。ローブや手袋、布で覆われていない部位。

剥き出しの唇がエレインの唇に触れているのだと悟るには、しばしの時間が必要だった。

「ん、んぅ……ッ？」

いわゆる口づけをされていると分かっても、状況が理解できたわけではない。どうしてこんな事態になっているのか、それは混乱のあまり考える余裕もなかった。

エレインは硬直したまま唇を引き結ぶ。だがその狭間《はざま》をぬるりと彼の舌がなぞり、ゾクッと肌が粟立《あわだ》った。

見知らぬ掻痒感《そうよう》が官能だとは悟れぬまま、動けない。その隙に緩んだ狭間からルシアの舌がこちらの口内へ侵入してきた。

「ふ……っ」

戦慄きが全身に広がってゆく。ぬるつく感触が不快でも不思議はないのに、嫌悪は覚えなかった。それどころか生まれて初めて味わう愉悦をどうすればいいのか惑う。

背徳感が有り余り、『いけないこと』をしているのはエレインにも理解できた。

こんな妖しい恍惚《こうこつ》は、未婚の令嬢が知っていいものではない。今すぐ彼を押しやらねばと頭は身体に命令している。にも拘らず、手も脚も虚脱して動けなかった。

「は……ぁ、ん……っ」

耳に届く甘い声が、自分のものだとは信じられない。淫らで、浅ましい。それでいて生々しく鼓膜を揺らす声音に、興奮が募っているのをエレインは無視できなかった。

体内の最深部が疼く。これまで意識したこともない場所。

そこが蕩《とろ》けるように感じられ、膝を擦り合わせたのは無意識だった。

肉体の中心に熱が集まるのが分かる。焦げ付きそうであり、心地よい温《ぬく》もりにも思えるもの。

それがじりじりとエレインの内側に溜《た》まっていった。

「ん、く……っ、ぁふ」

唾液を混ぜる舌に翻弄され、快楽が引き摺《ず》り出される。頭がぼうっとしてくるのは、酸欠だけが原因ではなかった。

自分とルシアの唾液が口の端から溢れ、一部は喉を焼く。度数の高い酒をあおった時に似て、より体温がカァッと上がった。

――姿勢を保てない……

両脚は、生まれたての仔馬《こうま》の如く震えている。しなる腰は役立たず。次第に後方へ重心が移り、ようやく唇が解放された時には、エレインはベッドに仰向《あおむ》けで倒れていた。

視界一杯にルシアの姿。覆《おお》い被《かぶ》さる体勢だからか、布が僅かに顔から浮いている。隙間からほんのり赤らんだ頬が見えた気がして、エレインの胸が甘く疼いた。

――苦しくて、甘い。

心音が煩《うるさ》く暴れている。他に聞こえるのは、己の弾む呼吸音ばかり。

今や全身が熱くなり、息が乱れていた。それでいて汗ばんではいないのが奇妙だ。

熱源が体内で煮《に》え滾《たぎ》っている。皮膚を突き破り飛び出しそうな勢いが段々穏やかなものになって、やがてエレインの指先まで馴染《なじ》むまで、動くことはできなかった。

「……は、ふ……」

「今回もちゃんと吸収できたみたいだ。目覚めてから初めての供給だから少し案じていたけれど、エレインは優秀だな」

褒められるのは嬉しい。しかしそれを遥かに上回る衝撃で、エレインは呆然としていた。

——嘘でしょう？　私の初めての口づけを……名前しか知らない人に奪われるなんて、ひど過ぎる。

深いキスは、特別な関係でしか交わさない。未婚の令嬢が恋人でもない男性としていいものではなかった。

しかも両親に貞節を守れと口煩く言われ続けてきたので、エレインの貞操観念は非常に高い。己の意思とは無関係に、全てはジュリウスへ捧げなくてはならないと思い込まされていた。

だから、とんでもない罪を自分が犯してしまった気がする。

罪悪感で押し潰されそうになりながら、エレインはまずはこちらの許可なくこんな暴挙に及んだルシアを問い詰めなくてはと気持ちを立て直した。

命の恩人であっても、許せることと許せないことがある。

——こんなことは金輪際やめてくださいと伝えるのよ。

そう憤るエレインの気持ちとは裏腹に、凄《すさ》まじい倦怠感《けんたいかん》で口どころか指一本動かせないのが悔しい。

まるで食事やダンスの練習の後のように身体が休息を求めていた。

重くなる瞼に抗《あらが》えず、どんどん視界は狭くなる。四肢は重く、急激に睡魔に支配された。

「おやすみ、エレイン」

完全に瞳が閉じる直前、ルシアがローブを頭から落とした。目元に垂れた布は一体になっていたらしく、共に取り払われる。

現れた素顔を、エレインは目撃したはずだ。

けれど凶悪な眠気に負けて、霞む視界では捉えきれなかった。夢と現実が曖昧になる。

最後に瞳に映った残像は、綺麗な色。さりとてそれらが本当に自分の見たものか幻なのか、判断する間もなく意識は闇に溶けていった。

第二章　供給

ルシアの私室は、魔塔の一番高い位置にある。

しかもそこへ至るための階段はないらしい。それどころか扉もない。つまり出入りするには空間を移動できる魔術師でなくては不可能。

その上、何重にも守りの術が施されており、並の魔術師ではいくら侵入を試みても不可能な造りになっている。物理的な攻撃も届かない。

そんなある意味この世で一番堅固な場所で、エレインが暮らすようになって約二か月。

死んだとされた日からは、三か月が経過していた。

「……ですから、他に方法はありませんかっ」

その間、数え切れぬほど交わしてきたやり取りを、今日も行う。不本意ながら恒例になったこの問答は、毎回結果が見えているとしても、エレインに『しない』という選択肢はなかった。

「他に方法はないと何度も説明したじゃないか」

「それはそう、なのですけどっ」

「本来誰にでも魔力は宿っている。その量を膨大に有する者が魔術師になるということだ。だから他者の魔力を大量に注がれると、自身のものと反発し合い拒否反応を起こす。まして一度器が壊れた貴女では、僕の濃度を受け止めきれるはずがない。そこでたっぷりと時間をかけつつ、より効率的に注がなくてはならないと昨日も説明したよね？」

「で、でもやっぱり口づけ以外のやり方をっ！」

落ち着き払ったルシアとは対照的に、エレインが叫ぶように話しているのは、事情があった。何せ自分は今、彼に押し倒されベッドに仰向けの体勢なのだ。ルシアはエレインの両手首をガッチリと戒め、乗り上げる形になっていた。

更には二人の間の空間がだんだん乏しくなっているとすれば、口調が強くなるのも当然と言える。

もうあと少し、ほんの僅か彼がこちらに顔を寄せれば、互いの鼻が擦れてしまう距離感は、淑女にとって非常事態だ。

ぐぎぎぎ……と奥歯を噛《か》み締《し》めたエレインが渾身《こんしん》の力でルシアの下から逃れようとしても、男女の腕力差は如何《いかん》ともし難い。ましてや上から覆い被されては、反撃の余地など微塵もなかった。

「待って、待ってくださいルシア様っ。落ち着いて話し合いませんか」

「今日の分を供給し終えたら、話を聞こう」

「ですから、その供給方法について話し合いたいのです！　ちょ、待……んんっ……ぁ」

エレインの抵抗虚しく深く唇が重ねられる。

初めてキスされた衝撃の事件から、毎日こうして口づけを繰り返されている。若干、慣れつつある自分がいるのが怖い。

最初は困惑と罪悪感が大きかったのに、今では口先で制止を訴えているだけになり下がった気がしていた。それほど、彼とのキスは甘美な劇薬なのだ。

駄目だと言った口で、官能を求め舌をひらめかせてしまうくらいに。禁断の果実を一度味わってしまうと、無垢《むく》だった頃には戻れない。

エレインは拒みつつも、毎回息が甘く濡れるのを堪えられなくなっていた。

――いやいや、気持ちがいいだなんて、私の思い違いだと信じたい。不道徳な行為は拒否しなくちゃいけないと、今も以前と同じくらい強く思っているわ。

流し込まれる唾液と共に、熱が燻《くすぶ》る。体内が温まり、末端へと滲んでゆく。

初めの頃よりもそれは穏やかに馴染んでいって、直後の疲労感は緩和されていた。

慣れた、ということなのか。

流石に毎日のことであれば、衝撃は薄れる。ましてルシアから魔力を供給された後ひと眠りすると、明らかにエレインの体調は良くなるのだ。

近頃は起きていられる時間がどんどん増え、日常生活に支障がなくなった。気力と体力はかってより充実している。

――三週間前まではまだ一日の大半眠っていた。その頃と比べたら、確実に健康そのものになっている。

目に見える効果があるからこそ、『供給をやめてくれ』とは言えない。

もし本当に彼が『じゃあそうしよう』と言い出せば、エレインはどうなってしまうか未知数だった。ルシア曰《いわ》く、『完全に魂が回復したわけではない』そうだ。

定期的に上質な魔力で生命力を補っているから、一見元気に見えるだけ。普通の人間であれば自ら生命力を作り出せるが、そこまでエレインの身体は元に戻っていないらしい。

――つまり、今の私にとっては、ルシア様が不可欠な栄養素のようなものかしら？

代替えはきかない。更には枯渇すれば死に至る。彼がいなくては一日だって命を繋ぐのが難しい。まさに離れられない二人だった。

――この身体では外の空気に耐えられないと言われ、一歩も外に出してもらえない。と言っても、どうせ行く場所がないのだし、ここには何でも揃《そろ》っている上に、頼めばルシア様が用意してくれるから不足はないけれど――

今のところ対価が支払えない自分は、彼に寄生しているのに等しい。

生活の全てどころか命さえルシア任せ。だがどこにも行けない。文字通りエレイン一人では部屋の出入りもできないのだ。

飼い殺しにされているのか、閉じ込められているのか、それとも守られているのか——答えは未だ海の底を漂っているのかもしれなかった。

長い口づけが終わり、いつものようにエレインの腹の奥がポカポカする。腹が満たされ、脱力しウトウトするのに似ている。正直に言うと、この時間が嫌いではなかった。

こういう怠惰な時を許されてこなかったので、とても贅沢に感じるのだ。

——でも……本当にこのままでいいのかしら？

ここで暮らしてからエレインは、一度も彼以外の魔術師と顔を合わせたこともなかった。

食事を含めた身の回りの世話は、ルシアが作り出した自動人形が全てしてくれる。会話はできないがこちらの言葉は通じるらしく、エレインが『ほしい』と望んだものは即座に準備してくれた。

本や食べ物、着替えなど。侯爵家にいた時よりも至れり尽くせりである。

つまりここでの生活は間違いなく快適だった。

エレインに課せられているのは、大人しく『供給』を受けることだけ。それ以外は起きている間何も強制されない。

自由に過ごし、好きな本を読み、眠くなれば横になり、美味しいものを食べる。夢のような毎日だ。

日々、分刻みのスケジュールをこなし、自分の意見なんて求められなかった過去からは考えられない。自由過ぎて、つい自堕落にもなる。

――でもずっとそれだと、段々不安になってくるのよね……

初めのうちは自由が嬉しかったが、『すべきことをしない』生活に慣れていないせいで、このところのエレインは逆に心労を感じるようになっていた。

このままではいけない、と焦燥が募るのだ。役割や義務に雁字搦《がんじがら》めになっていた時には息苦しさがあったのに、いざ何も強制されない時間が続くと、道標を失ったみたいで怖くなる。

自分が本当に生きているのかどうか分からなくなり、世界の邪魔者になったようで――

自身でも身勝手な我《わ》が儘《まま》だと呆《あき》れる。

それでもエレインはそろそろ精神的に限界へ近づいていた。

ちなみに少し前ルシアに、『何故ここまでしてくれるのか』と問うたことがある。返ってきた答えは、以前と同じで『僕がそうしたいから』『勝手にしただけ』だった。

彼なりの考えや常人には分からぬ損得勘定があるのかもしれない。

けれどエレインには相変わらず理解が及ばないことだらけだった。

だから、不安になる。手持ち無沙汰で、後ろ向きな考えに囚《とら》われる程度に。

「……暇なのか？」

「えっ」

エレインの気鬱《きうつ》を『退屈故の鬱屈』とでも解釈したのか、横たわったままの視界にルシアが入り込んできた。

布で隠された表情は読めない。だが仄かに、こちらを案じる空気があった。

「……出歩くのを禁止しているから、飽きたのか」

「え、あ、そういうわけでは……」

出不精でもないが、エレインは元来買い物や観劇に熱心でもなかった。屋敷で過ごす時間の方がよほど長く、部屋に籠っているのも別に苦痛はない。

しかしこちらが返答に迷う間に彼は「なるほど」と呟いた。

「まだ魂と身体が完璧に定着していないから、ここから出すのは危険だが……気分転換くらいさせるべきだった」

「ルシア様？　私は特に気にしておりませんが」

「と言っても、ここでできることは限られているな」

エレインの言葉は聞こえていないのか、彼は勝手に納得している。そしてパチンッと指を鳴らした。直後、室内が暗転する。

突然の暗闇に驚いたのは言うまでもない。ただし、天井に煌めく光の数々に目を奪われたのも、理由の一つだった。

「ほ、星？」

「勿論本物ではない。魔術で投影した偽物の光だ。――でも綺麗だろう？」

とても作り物とは信じられない天の川や三日月までが空に浮かんでいる。もともと天井は高かったが、今は室内であることを忘れるほど遥か高くどこまでも続いて見えた。

「すごい……」

ベッドに寝転がって眺める星空の美しさに、感嘆する。あまりにも贅沢だ。

その上夜空は静止画ではなく、時折流れ星が落ちてゆく。光の筋を描き消える星は、エレインの心を高揚させた。

「とても綺麗です。こんな光景、目にしたことがありません」

はしゃいだ声を上げれば、すぐ隣に腰掛けていたルシアからホッとした気配が伝わってきた。

「……気分転換程度にはなったか？」

「勿論です！　本当に、ありがとうございます……」

滅多に夜間外出したこともない箱入り娘だったから、眩しいほどの星空を見たのは当然初めて。

王太子妃内定の宴の時は曇天に遮られ、せっかくの船上からの眺めを楽しめなかった。

だから今エレインの頭上を照らしてくれる景色が紛い物であったとしても、泣きそうになるくらい感激している。

心震えるくらい綺麗だ。きっと一生忘れない。

大事な思い出として、いつまでもエレインの中で消えない輝きとして灯るだろう。

——まさかルシア様がこんなに私を気にかけてくださるとは思わなかった。

優しい人だ。命を救ってくれただけでなく、エレインの心情も大事にしてくれる。

素顔も知らぬ彼を、エレインはこれまで出会った誰より身近に感じた。

——それにしても指を鳴らした一瞬で、こんなに素晴らしい魔術を発動できるなんて、驚きだわ。我が家に出入りしていた魔術師は、いつも大掛かりな図形や道具を用い、長い詠唱をしていた。ルシア様は途轍もない力を持っていらっしゃるのね。そんな人に私の面倒を見てもらうなんて、言語道断ではないの？

改めて申し訳なさが募る。彼は一日の大半をこの部屋で過ごしている。つまりエレインが縛り付けているのも同然な気がした。

「……ルシア様は、魔塔主としてのお仕事は大丈夫なのですか？」

もしや忙しいのに無理をしてエレインの傍にいるのでは。だとしたら相当な負担を彼にかけていることになり、想像して落ち込んだ。

「急に何の話だ？」

再びルシアが指を鳴らし、夜空は消えた。昼の陽光に目を細める。エレインが言《い》い淀《よど》むと、彼は軽く肩を竦《すく》めた。

「僕自らが出向かなくてはならない事態なら、それは他国との戦争でも始まった時だ」

「え……」

唐突に不穏な単語が飛び出して驚く。しかし事も無げにルシアは先を続けた。

「幸いにも優秀な魔術師は大勢いる。貴族に取り入って賄賂を受け取る小者もいるが、信頼できる部下に任せておけば問題ない」

悠然と宣い、ルシアは窓際に置かれた長椅子へと移動した。ゆったりと腰を下ろす姿は、さながら絵画のよう。何気ない仕草が尋常ではなく絵になる男だ。

「兵を千人育てるよりも、魔術師を十人揃えた方が楽に勝てる。もっとも僕なら、一万人が相手でも問題ない。――人間兵器だと嘲る貴族の気持ちも分かる」

「魔術師の方々が国を守ってくださっていることは、国民であれば誰でも知っています。そんな兵器だなんて失礼なこと、どこの愚か者が宣うのですか？」

「別に、特定の人間ではない。言われ慣れている」

「相手がおかしいのに慣れてはいけません！」

憤りを覚え、エレインは上体を起こした。

「その方々はルシア様たちの力を恐れ、羨んでいるだけです。自分たちにはなし得ないことができる魔術師を貶《おとし》め、ご自分の方が上だと思い込みたい卑劣な輩《やから》です」

「どうして貴女が苛立つ？」

「だって、悔しいです。ルシア様がひどいことを言われたなんて――」

当事者でもないのに腹を立てている自分は奇妙なのかもしれない。それでも言わずにはいられなかった。

「本来、生まれによって身分の上下がある方が間違っています。しかも国のために尽力してくださる方々を馬鹿にするなんて、絶対に許せませんよ」

「……エレインが怒ってくれるなら、悪くないな」

「何をおっしゃっているのですか。それより――戦争が始まるというのは、まさか具体的な危機が……？」

そんなきな臭い話が出ているのかと思うと、肝が冷えた。

エレインが王太子妃になるべく教育を受けていた時には、耳にしたことがない不穏なものだ。だいたいルシアほどの魔術師がいるディンバーグ国へ攻め入る愚かな為政者がいるとは思えなかった。

「たとえばの話だ。僕を引っ張り出すには、それくらいの緊急事態でなくては。些末《さまつ》なことでいちいち呼び出されては堪《たま》らない。他の者で解決できる事態で僕を煩わせた場合、相応の報復を行うと通達してある」

「ああ……なるほど。……え？」

――魔術師は魔塔主であろうと王家に絶対服従と教えられていたけれど、違うの？

何となく、今の彼の言い方だとルシアには拒否権がありそうだ。よほどの有事でもない限り、王家の命令ですら撥《は》ね退けられそうな。

——それとも——昔と力関係が変わってきている？

首を捻《ひね》っても、この部屋から出ることも叶わないエレインには、知る術のないことである。

それよりも近々《きんきん》に脅威が迫っているのではなく、ホッとしていた。

「とにかくそれで、ほぼ毎日ここにいらっしゃるのですね」

「……一応言っておくが、僕は暇なわけではない。エレインが眠っている間に研究をしている。この世の真理はいくら追い求めても全てを知るには程遠い」

「あ、ルシア様が暇人だなんて思っていませんよ」

やや拗《す》ねた口調で彼が言い訳めいた真似をするものだから、エレインは慌てて首を横に振った。

本当に、そんな失礼な嫌味《いやみ》を言ったつもりはない。単純に、ルシアがずっと傍にいてくれることが不思議だっただけだ。

文字通り毎日。それはもうあまりにも変化なく、さながら隔絶されたこの空間で。

大きな窓があるこの部屋は、いつもとにかく明るい。天気が悪い日もあるだろうに、雷雨や暴風に窓を叩かれることはなかった。

昼間は澄んだ青空と日の光が、夜は満天の星空と月が望める。天候に左右されず下界とは切り離された時間が流れているかのようだ。

もしかしたら何らかの術がかけられているのかもしれない。その証拠に、高い塔の頂上にあって、少しも揺れることがなかった。

——それに暑かったり寒かったりすることもないのよね。いつも適温に保たれている。

おかげで季節を忘れてしまいそうだ。

全ての始まりであるエレインが海に落ちた日は、夏の終わりに差し掛かっていた。ならば今は冬の初めか。早ければ初雪が降っていてもおかしくない。

けれどこの塔にある部屋では、無縁の話だった。

——窓から王都や森、山を見下ろしても、雪化粧の気配や木々が枯れている様子はないな。寒さが厳しくなってくれば、家々から暖炉の煙が盛んに上るようになる。冬の寒々しさは上から眺めるだけでも伝わってきそうなものだ。

しかしそんな様子は見受けられず、麗《うら》らかな光景が眼下に広がるばかり。

もうずっと変わらない景色は平和でありながら、異様さを内包していた。

——ひょっとしたら、私の知る世界とは違うところにこの塔は建っているのかな。異界にあるって噂は正しかったのかも。だってよく考えたら、王城を見下ろせる高い塔なんて見た覚えがないもの。

一つ一つは小さな違和感。だがよく見れば全てが非現実的。

そんな中での生活は穏やかだからこそ、より不安もあった。

——やっぱりせめて自分の世話くらいできるようにならなくちゃ。これ以上面倒をかけたくない。心を砕いてくださる、この方のために――

「ルシア様が多忙なのは、分かっています。ですから――私も何かお手伝いさせていただけませんか？」

今後のことを考えれば、今のうちに自活できるようになりたい。いつまで魔塔に置いてもらえるかは不明だ。

ある日突然『実験結果は充分出揃《でそろ》った』と彼に言われ、放り出されることもあり得る。

そうなった時に困るのはエレイン自身だ。収入を得るだけでなく料理に掃除洗濯などができなくては、自立は夢のまた夢なのだと改めて思い至った。

――ずっと『してもらう』生活で疑問を感じることもなかったから、気づくまでに時間がかかってしまったわ。私は、この先自分の手でしなくては駄目なのに。

そんなことも分からずに安穏とルシアに寄りかかっていたことが恥ずかしい。しかし今からでも遅くはない。

することがないと嘆くのではなく、彼の手を煩わせないことから始めようと心に決めた。

「手伝う？　貴女が？」

「私にできることは少ないと思いますが、教えていただければ頑張ります。これでも物覚えや理解力は申し分ないと、家庭教師に褒められました」

ひたむきに努力することも得意だ。およそ労働とは無縁の生活をしてきたものの、やってできないことはあるまい。いや、しなくてはならないのだと奮起した。

「……ふぅん。でも僕は魔術で何でもできるし、部下に命令すれば大抵のことが解決する」

「だ、だとしても、何か一つくらいありませんか。け、研究にも協力します」

人体実験で痛い思いはしたくないけれど、求められれば耐える所存だった。

多少のことなら、何を要求されても快諾すると心を固め、エレインは長椅子にしどけなく身を預けるルシアの傍へ近づいた。

「……じゃあ、一つお願いしようかな」

「！　何でもおっしゃってください！」

ここに来て、初めての『お願い』だ。エレインは役目を与えられた喜びで、頬を綻ばせた。

「僕の髪を切ってくれるか？」

「え」

予想の斜め上の願いを口にされ、一瞬両目を見開いた。

勿論、嫌でも無理でもない。しかし髪を切るには当然ローブを脱がなくてはならないわけで、ルシアの頭もろくに見たことがないエレインには多大なる驚きだったのである。

「か、髪ですか？」

「ああ。僕は他人に身体を触れられるのが苦手でね。いつもは自分で適当に短くしている。でもエレインならば任せてみたい。――嫌か？」

「とんでもない！」

逆に『私でいいのですか』という話である。

信頼されている感じがする。愛玩動物や実験材料と比べたら、大きな飛躍と言えた。

「ええと、それでは早速始めましょうか？」

「ああ」

ルシアが右手を軽く左右に振る。すると室内にいたはずのエレインたちは、一瞬で窓の外に移動していた。しかもこれまでなかったテラスにいる。

椅子が二脚置かれており、鋏《はさみ》と櫛《くし》も用意されていたのは驚きだった。

――でもやっぱりこの高さで強風が吹いていないのは、不思議だわ。

どう見ても屋外ではあるが、感じるのは温かな日差しだけ。吹き荒れるはずの風の存在はまるでなかった。

「みっともない部分を整えてくれればいい」

「はい、分かりました」

前の椅子に腰かけた彼がローブを頭から落とした。エレインからはルシアの後頭部しか目に入らない。けれどたったそれだけで思わず息を呑《の》んだ。

――何て綺麗な……

陽光に煌めく銀髪は、眩しいほど。サラサラと指通りが良さそうなのが、触らなくても伝わってくる。ふわりと漂った香りは、彼自身の匂いだろうか。

つい深く吸い込みたくなる馨《かぐわ》しさに、エレインは咄嗟に息を止めた。

——私ったら、何をふしだらなことを考えて……！　そんなことをしたら、まるで痴女《ちじょ》ではないの。

だが見れば見るほどルシアの髪は魅力的だった。

頭の丸みすら、理想的な形に感じられる。触ってみたい欲望に屈するまでに、さほど時間はかからなかった。

「……っ」

サラサラ指を滑る感触に、胸が高鳴ったのは秘密だ。苦しいくらい鼓動が速まる。

胸を突く思いは不可解なのに、泣きたくなるのは何故だろう。ただの興味本位ではなく、今すぐ彼の前に回り込んでルシアの顔を見たい衝動に駆られた。

会いたい。会いたかった。自分でも意味不明な感情に振り回される。こんな思いを抱く理由も分からないまま脚が動きそうになった。

——でも、駄目。勝手にそんなことをしては、彼に呆れられてしまう。

普段あんな布で容姿を隠しているルシアのことだ。見られたくないと考えるのが普通。せっかくエレインを信頼し髪を切る仕事を与えてくれたのに、暴き立てるような真似は絶対にしたくなかった。

深呼吸を数回し、懸命に落ち着きを取り戻す。

「……とても綺麗な……髪ですね。普段ローブで見えないのが、もったいなく思えます」

「この色は割と珍しくて、いらぬ詮索をされるのが煩わしい。王族と関係があると噂でも立てられては、面倒事が増える」

「ああ、そうですね。確かに一般にはあまりない髪色です」

「異国ではよくある色でしかないのに、馬鹿々々しい」

失笑と共に吐き出された言葉は、彼の過去に色々あったことが窺えた。

「他の国ではこんなに美しい髪を持つ人々が沢山いるのですか？　それは素晴らしい光景でしょうね。ディンバーグ王家にだって、ここまで見事な銀髪の方はいませんよ？」

どうにか平静を装って、彼の髪を梳《す》く。するとややヒヤリとした温度に、一層魅了された。

――同じような銀の頭髪でも、ジュリウス様に触れてみたいと思ったことはなかったわ。

それが何故、こうまでルシアには心惹《ひ》かれてしまうのか分からない。冷静でいられなくなる前に作業を始めようと思い、エレインは深呼吸した。

「思ったより、伸びてはいませんね。襟足だけ直しましょうか？　あ、でも私も人の髪を切るのは初めてなので、難しい要求をされても困ってしまいますが……」

「任せる。今後もローブを被るつもりだから、よほどおかしくならなければ構わない」

「が、頑張ります」

期待していないと宣言された気もするが、エレインは気合いを入れ直した。

ここで彼を満足させられれば、他にも仕事を任せてもらえるかもしれない。そのためには失敗なんてしていられなかった。

震える指先を叱咤《しった》して、鋏を握る。ひと房髪を切った時には、緊張で呼吸を忘れていた。シャキッと軽やかな音を立て、銀の糸が足元に落ちる。

慎重に鋏を動かし続ける間、自然と無言になったのは仕方あるまい。とても話をしながらなんて、エレインには無理だった。

ルシアも特に会話をする気はないのか、黙っている。沈黙の中、鋏の開閉音が響き、少しずつ彼の髪が短くなっていった。

男性にしては細い首筋がいやに官能的で、露《あら》わになるにつれ落ち着かない心地を持て余す。それでも視界に入れないわけにはいかず、エレインは彼に悟られないよう注意を払い、震える息を吐き出した。

そんな緊張の張りつめる時間が、どれだけ経過したのか。

やっと納得できる形にルシアの髪を整え、エレインは鋏を置いた。

「できました。前髪はご自分で切られますよね？」

後ろはともかく前は彼が自分で処理すると疑いもせず、足元の髪を片付けるためしゃがみ込む。だがエレインが銀糸を掻《か》き集《あつ》める前に、それらは跡形もなく消え失せた。

「え」

「そんなもの、エレインが片付けなくていい。階下の塵捨て場に送っておいた」

「魔術は本当に便利ですね」

まさに万能の奇跡だ。感心してエレインは顔を上げ、そしてそのまま双眸を見開いた。

ルシアがこちらを向いている。

椅子に腰かけたまま上体を捩《よじ》り、エレインをじっと見つめていたのだ。

「あ……」

「ありがとう。おかげでサッパリした」

唇が弧を描いただけでなく、柔らかく瞳が細められている。紛《まぎ》れもない笑顔は、エレインをまっすぐに射抜いてきた。

「お、お顔……見せてよろしいのですか？」

「エレインになら見られても構わない。それに絶対に秘密にしたいとも思っていない。ただ、髪だけでなく目がこの色だから、極力隠しているだけだ」

彼が自ら指し示した双眸は、鮮やかな翠色だった。銀の髪とそれは、王族にしか現れないと謳われる組み合わせだ。

ルシアが言ったように他国では珍しくない色だとしても、ディンバーグ国においてはあれこれと憶測を生むのを避けられないもの。おそらく好き勝手囀《さえず》る者も出てくるだろう。

王の隠し子だ、かつて玉座争いに敗れ絶えたはずの家門の生き残りだなど。場合によっては都合よく担ぎ上げ、火種にしようと目論《もくろ》まれないとも限らなかった。

——ああそれでこの方はずっと顔も髪も隠していたんだ。

ようやく、エレインは腑《ふ》に落ちた。確かにこれでは面倒事に巻き込まれないと保証はできない。外野の干渉を避けたいなら、最初から人目に触れないのが一番だと納得した。

しかもきっと問題はそれだけではない。

王家特有の色にも驚いたが、エレインが絶句したのには、もう一つ理由があった。尋常ではなく整った顔貌《かおかたち》。見る者を怯《ひる》ませるほどの、圧倒的美しさ。

ルシアは目も鼻も口も、耳の形ですら完璧と言わざるを得なかった。全てがこれ以上なく完成されており、絶妙な位置に配されている。もし少しでも大きさや場所が違っていたら、あえなく崩れてしまう奇跡の上に成り立っているに違いない。

女神を模した立像や、世界一の美男と讃《たた》えられた数代前の国王の肖像画が足元にも及ばない、この世のあらゆる美が裸足《はだし》で逃げ出しそうな、一種異様な端麗さだった。

「……どこかおかしいか？」

エレインが瞬きさえ忘れて見入ってしまったからか、彼は困惑気味に視線を逸らした。伏せられた睫毛《まつげ》の長さが、ルシアの白い頬に影を落とす。

横顔は、高い鼻梁《びりょう》の稜線《りょうせん》が強調され、それもまたエレインの視線を集めてやまなかった。

「い、いえっ、何もおかしなところなどありません。ただ――ルシア様があまりにもお綺麗で……」

彼を表現するのに、エレインの語彙力では到底足りなかった。使い古された称賛では、とても言い表せない。

美辞麗句を並べればいいものでもない気がして、余計に言葉が出てこなくなった。

――ジュリウス様だって、歴代の王族の中でも屈指の美男と言われているのに……ルシア様とは比較にもならない……

いっそ人外だと言われた方が、納得できる。神や魔の生き物が、人間を誑《たぶら》かそうとして作り出した究極の生物だとでも。

――私ったら、驚き過ぎて馬鹿げたことを考えているわ。

端的に言って動揺している。

至近距離でルシアを目の当たりにするには、勇気がいった。たちまち惑乱させられてしまいかねない危うさを、ヒシヒシと感じるためだろう。

人が触れてはいけない領域へ踏み込んでしまったかのような気後れと畏怖が、エレインからますます言葉を奪っていった。

「綺麗だと、エレインは思うか？　不吉ではなく？」

「不吉だなんて……そりゃ中にはルシア様のお姿を利用しようとしたり惑わされたりする人も

出るかもしれませんが、貴方の責任ではありません。ルシア様が誰より美しいことはただの事実ですよ」

他者の容姿を殊更褒めるのは気が引けたものの、彼が自身の外見に何らかの蟠《わだかま》りがあるのを嗅ぎ取り、エレインは言い募った。

煩い雑音を遮るために自ら顔を隠しているのではなく、隠さざるを得ないのだとすれば、話は大きく変わってくる。両者は同じようでも、問題の根本が別物だ。

望んでいないことを強制され、他に選べる道がない辛さを、エレインは理解できた。

「ルシア様は、お綺麗です。それに研究熱心であり、私を助けてくださった親切な人でもあります。そういう方だから、より内面からも輝いていらっしゃると私は思います」

上手い言い回しが思いつかず、陳腐な言葉しか出てこない。

けれど今伝えなくては駄目だと感じる。彼がエレインに信頼を示してくれたこの時でなくては、意味がないと強く思った。

「あ、もしルシア様がご自身の容姿を厭《いと》っていらっしゃるなら、申し訳ありません。でも私は月光に似た神秘的な髪色も、聡明さと安らぎを凝縮した翠の瞳も、ぶっきらぼうながら気遣いを口にしてくださる整った唇も全部好きです。全部纏めてルシア様です。ですが仮にそれらが失われても、私が貴方を好ましく思うのは変わらないと思います」

彼が不可解だと言いたげに眉をひそめる。

エレインは大きく息を吸い、ルシアと視線を絡めた。

「内面があるから外見も磨かれる。貴方の美しさをより完全なものにしているのは、ルシア様の誇り高さや勤勉さ、優しさがあってこそ。だとしたら貴方の本質は、ここに宿っているのではありませんか」

エレインが恐々触れた先は、彼の心臓辺り。ローブ越しに、体温が伝わってきた。

——鼓動も感じる。ルシア様は芸術作品でも、人外でもない。ただ途轍もなく綺麗な、普通の人間の一人。

魔術師だって、心は一般人と同じだとエレインの胸に落ちる。

特別視しがちだから忘れていたけれど、人とは違う絶大な力があっても、だからこそ別の悩みが生じたところで不思議はなかった。

彼の顔を直視してみれば、エレインとさほど年齢に開きがないように見える。おそらく精々いくつか年嵩《としかさ》なだけだ。

まだ若者なのは間違いなく、それなら諸々《もろもろ》思い煩うのが当然だった。

——案外、私とルシア様に大きな違いはないのかもしれない。それならもっと壁を取り払って、親しくなれるのではない？　たとえば友人にだって。

そう思いついた瞬間、エレインの中で何かが揺らぐ。『友達になってくれる？』と少年の声が頭に響いた。

幻影の中、こちらに伸ばされたのは、まだ細く小さな頼りない手。はにかむように笑った彼の顔は――浮かびかけた刹那、エレインは頭を抱えて悲鳴を上げた。

「あぁあぁァッ」

頭が痛くて、砕けてしまいそう。

めまいが押し寄せ、立っていられなくなる。よろめいた身体は、素早く椅子から立ち上がったルシアに抱き留められた。

吐き気が込み上げ、堪えられずえずく。身体を二つ折りにして悶《もだ》えれば、焦った様子の彼がエレインを横抱きにしてきた。

「どうしたんだ、エレイン！」

思い出してはいけないと、低い男の声がする。だが誰の声か思い出すこともできない。聞き覚えがあるのに、考えようとすると嘔吐《おうと》感と痛みがひどくなった。

手足を強張らせ、痙攣《けいれん》がエレインの全身へ広がる。焦点は合わなくなり、意識は曖昧に霞んだ。

「しっかりしろ。すぐに楽にしてやる」

屋外にいたはずが呼吸一つの間に、エレインは室内のベッドへ横たえられていた。

シーツを乱しながら身を捩る。苦しさは一層増し、もう頭だけはなくどこが痛いのか分からぬほど全身が軋《きし》んだ。

「あ……っ、か、は……ッ」

自分の身体が誤作動をおこしたよう。息を吸えと命令を下しても、めちゃくちゃな反応が返される。手足の動きも制御できず、エレインは激しくのたうった。

「ぐ……ぁあああッ」

体内に蓄積していた生命力が、急激に消費されてゆく。燃え尽きる勢いで、一気に火柱を上げる幻影が見えた。暴れ、決壊し、飛散する。

爆発的な燃焼がエレインの内側で起こり、裏腹に末端が冷たく凍えた。

──痛い。苦しい。暑いのに寒い。まるで刺されて海に落ちた時みたい……

眼前が暗くなる。不本意ながら懐かしい感覚は『死の予感』そのものだった。

──私……今度こそ死ぬの？

指先から力が抜け、五感が鈍る。やがて身を苛《さいな》む痛苦も遠のき、いよいよ命の灯火《ともしび》が消えかけているのを感じた。

──ああ……せっかくルシア様が救ってくださった命なのに……満足に恩返しもできなかったわ……──でも彼が私の死を悼んでくださったら、嬉しい……

なんだかんだ言っても優しい人だから、きっと悲しんでくれる。どうしてか確信に似た強さでそう思った。

悲しませたいわけではない。だが両親さえ冷淡だったエレインの死を惜しんでくれるのは、きっとルシアだけだ。

「エレイン、必ず貴女を救ってみせる。――……どうかこれから僕がすることを許してほしい」

悲哀の滲む声が聞こえる。まるで懺悔《ざんげ》だ。

ルシアが自分に許しを請う必要はないと告げたいのに、エレインの口も喉も戦慄《わなな》くばかりでどうにもならなかった。

もはや、呻《うめ》きさえもこぼせない。頷こうにも強張る顎は意思表示を許してくれず、瞬きは瞼が張り付いて無理だった。

唯一できたのは、彼の手首を握ることだけ。それとて指が勝手に痙攣する中、偶然掴んでしまっただけとの区別は不可能に等しかった。

――ルシア様のすることなら、私は全て受け入れます。

拙い思いが通じたのかは分からない。だが彼はエレインに覆い被さってきた。唇にいつもの感触が押し付けられ、温かなものが注がれる。

枯渇した生命力が補われ、ほんの数秒呼吸がしやすくなった。けれど割れた器に水を溜《た》めようと足掻いているか如く、駄々《だだ》洩《も》れになってゆく。一向に満たされる気配はない。

むしろ渇望を煽られて、エレインは自ら舌を差し出しルシアと粘膜を絡ませた。

「ん……ぅ」

もっと欲しい。まるで足りない。狂おしく求めてやまず、我慢できなかった。

「……もうこの方法では追い付かない。すまない、エレイン。僕は貴女を傷つけてでも死なせたくない。絶対に」

彼の声が悲しんでいると感じたのは、エレインの勘違いかもしれない。

けれど嘆きを孕《はら》む気がして、とても聞き逃せなかった。

——私のために苦しまないでほしい。

許されるなら笑顔を見せたい。手を伸ばしてルシアの頭を撫でたいとも望んだ。

叶わぬ願いはどうにもできず、エレインはか細い息を繋ぐだけ。震える喉へ彼の唇が触れ、そのまま鎖骨へ滑っていっても、嫌だと思うこともなく。

「……ぁ」

「呼吸に集中して」

ルシアの手に胸元を緩められ、素肌を弄《いじ》られた。

彼の指が辿《たど》った場所がひりつきながら温かくなる。喉を撫《な》で下ろされて両胸の狭間に掌を置かれると、粗ぶった心臓が鼓動の速度を落としていった。

——息をしやすくなった……？

引き攣《つ》っていた喉から力が抜け、深く呼吸できるようになる。強張りが解かれて、かぎ爪状になっていた指先もゆっくり弛緩《しかん》した。

「そのまま……何も考えなくていい」

目を閉じているので、エレインからは何も見えない。それでも肩を布が滑り落ちたのは感じ取れる。

素肌が晒され、直にシーツの感触を覚えて、余計な身体の締め付けから解放されたことも。

――私、裸になっている？

ルシアの前で、何と恥じらいのないことか。すぐに己の肢体を隠さねばと焦った。

しかし頭と身体が連動していない。

下《くだ》した命令は悉《ことごと》く無視され、エレインはしどけなくベッドに横たわったまま。むしろ彼の手がこちらの肌を辿る度、もっと触れられたいと淫らにも願っていた。

心地よく、痛みが拭い去られる。ルシアの掌全体から温もりを注がれ、楽になるほど貪欲さが剥き出しにされた。

――足りない。もっとほしい。

体内の疼きが鮮明になる。素肌を撫でられ口づけられるだけでは物足りない。限界まで飢えて与えられたものを、浅ましく追い求めずにはいられなかった。

「……ル、シア……様……」

「大丈夫、エレインの罪にはならないから安心するといい」

――罪？

霞がかった頭では、思考が纏まらない。本能が先走り、エレインは力を振り絞って彼へ手を伸ばした。

「貴女が抱えきれない記憶なら、また忘れても構わない」

いったい何の話なのか、問い返すことはできなかった。ろくに喋《しゃべ》れない唇へ、ルシアがキスしてくる。舌を絡ませ唾液を混ぜ嚥下《えんげ》すると、たった今考えていた内容がホロホロと崩れた。

衣擦《きぬず》れの音が響き、渾身の力で瞼を押し上げた視界に、ローブを脱ぐ彼の姿が映る。

同じ部屋で数か月一緒に過ごしていても、無防備なルシアを目撃するのは初めて。

彼と共にベッドへ横になることはあったが、いつも眠るのはエレインだけだった。そして朝目覚めれば、ルシアは既に活動を始めている。

彼の素顔は勿論、寝顔も見る機会は一生訪れないとエレインは思っていた。性別を意識することのない禁欲的なローブ姿に慣れ、彼を本当の意味で『異性』と見ていなかったのかもしれない。

――いいえ。無意識に私自身が見ないようにしていた……?

いつもゆったりと身体を覆っていたローブがなくなると、想像していたよりも遥かに引き締まり逞しい男の体躯《たいく》が現れた。

筋肉質な腕や存外厚い胸板、彫り込まれたような腹の造形も。それらどれもがごまかしようのないほど『男性』的だ。エレインの霞む視界の中、鮮烈に瞳へ焼き付く。

は、と漏れた吐息が濡れていたのは気のせいだと思いたい。淫らな期待に高鳴る胸も、何かの間違いであってほしかった。

「駄目……です。ルシア様……」

なけなしの倫理観で、懸命に首を横に振る。この先へ踏み出してしまえば、もう二度と引き返せなくなる。

口づけや軽い戯れとは程度が違う。明確な罪を犯す予感に、エレインは尻込みした。

働かない頭でも、自分は勿論ルシアを守らねばと思う。彼の名誉や立場、そういったものをエレインが傷つけてしまうのが何よりも怖かったのだ。

——存在しないことになっている私が、ルシア様の足枷《あしかせ》になったらどうすればいいの？

彼が一時の慰めや遊び相手を求めているなら、エレインは戸惑いながらも応じたかもしれない。

だがこれは違う。あくまでもエレインのためだと、分からないながら察している。

何か不測の事態が起きて、これまで通りの方法では力の供給が賄えなくなったのでは。だとしたら、これ以上ルシアのお荷物になりたくなかった。

「駄目ではない。もう、黙って」

彼がエレインの唇へ人差し指を軽く押し当ててきて、否定の言葉は紡げなくなった。拒もうとすると声が出なくなる。何か術を施されたらしい。

代わりに身体が敏感になったのは、思い過ごしか。

ルシアがエレインの乳房へ触れた瞬間、痺《しび》れで淫らな吐息がこぼれた。

「あ……っ」

「口づけは直接粘膜に触れる分、無駄なく魔力を注げる。同時に接触面積がさほど大きくないので、過剰に流れ込むこともない。今までなら、丁度よかった。だが――今はもう足りない。もっと効率のいい方法をとるよ」

ならばどうするのか――答えは聞かずとも分かる。ただ認めるのが怖いだけ。

エレインが背筋を震わせれば、彼が肩を撫でてくれ、頬を擂《す》り寄せてきた。

「罪は僕が背負う。貴女は生きるために選ぶ余地はなかった。僕が選ばせず、全て勝手に決めたんだ」

――いいえ。そんなことを言わないで。

告げたい言葉はルシアへの拒否と見做《みな》されたのか、やはり声に出せなかった。

もしこれからしようとしていることが罪悪なら、償うべきはエレインだ。救いの手を何度も差し伸べてくれた彼ではない。

そう伝えようと、エレインは何度も喉に力を込めた。けれど全ては徒労に終わる。

焦り必死になるほど声は全く出なくなり、いつしか思考力は鈍麻していた。

触れた彼の掌全体から喜悦が滲み頭が浸食され、まともに考えるのが億劫《おっくう》になる。それよりも欲望が肥大した。

飢えを満たしてほしい。温もりを分けてほしい。何も悩まず済むよう、真っ白になりたかった。

「ルシア様……」

「エレイン」

生まれたままの姿で抱きしめられると、こんなにも安堵《あんど》するのだと初めて知った。

そもそも誰かに強く抱きしめられたのは、いつが最後だったのか。他者の温もりに包み込まれる悦《よろこ》びに、細かいことは更に考えたくなくなる。

もしかしたらそれさえ彼の仕掛けた魔術の可能性もあったが、エレインに確かめる方法はなかった。

できるのは溺れてゆくことのみ。ルシアのくれる快楽に。言い訳と安らぎに。

心の奥底では望んでいたものを与えられ『いらない』といつまでも意地を張れなかった。

脇腹を摩られ、掻痒感にうち震える。いやらしく尖《とが》った乳嘴を舐《な》められると、指で刺激されるのとは違った喜悦で涙が滲んだ。

「あ……あ……っ」

「素直な身体でよかった。大切なエレインに辛い思いは絶対にさせたくない」

甘い口説き文句と勘違いしてしまいそうな台詞に酔いしれる。自分にも乙女な部分があったのだと自覚した。

結婚や恋愛に憧れを抱いていないと思っていたが、それはエレインに余裕がなかっただけのようだ。夢見ても絶対に叶わないから、思い描くことも諦めたのだろう。随分寂しい人生を、いつの間にか送っていた。

三か月前のあの夜、凶行に巻き込まれなければ、その後も虚しさに気づかず一生を終えたはずだ。

——何も持たない不安定な身の上になった、今の方が幸せ……

未来は不確定で、先行きは不透明なまま。しかもこの部屋から出入りさえできず、実質的にエレインはルシアに飼われている。けれどそれでも自由を感じた。

好きなことをして、笑い、のんびりと休んで。

ここでの数か月間の方が生きている実感があったと言っても過言ではない。エレインはルシアとの生活が気に入っているし、手放したくないのだとハッキリ感じた。

——だったら、今更誰に対して操を立てるつもり？

捧げるべきだった相手は、妹のティティリアと新たな縁を結んだ。それならエレインも決められていた世界に従い続けなくてもいい。

靄《もや》がかかっていた思考が次第に明瞭になってくる。

エレインは己の意思で、ルシアの背中に腕を這《は》わせた。

「エレイン……？」

これは自分の選択。彼に責任を全て押し付けるつもりは毛頭ない。判断力が鈍り、この場の空気に流されたのでもない。その思いを込め、渾身の力で微笑んだ。

「……っ」

エレインの心情が完全に伝わったかは怪しい。けれど多少は届いたはずだ。

その証拠にルシアは切なげに笑ってくれた。

「――僕の全てをかけて、大事にする」

抱きしめられて、心地いい。彼の心音が響いてきて、ルシアも普段より冷静ではないのだと知れた。

緊張も興奮も分かち合っているのだと思うと、嬉しい。初めての行為への恐れが僅かに薄れた。

――この人が相手なら、何も怖くない。

胸の頂を摘まれ、先端を擦られると得も言われぬ恍惚が生まれる。舌で弾かれ唾液を塗《まぶ》されると、じわじわと体温が上がってゆくのが分かった。

生命力を供給されているだけでなく、己の肉体が昂っているからだ。

丁寧に愛撫《あいぶ》された双丘は、乳首を赤く尖らせている。淫蕩《いんとう》な反応は、なかなか素直になり切れなかったエレインよりも正直だった。

羞恥を覚え、より快感が湧く。腹の奥、あまり意識したことのない部分が疼いて、踵《かかと》がシーツの上を移動した。

「可愛い」

エレインの内腿を摩った彼が、手をゆっくり上昇させる。その動きは焦らしているのが明らかだ。

十秒かけても、僅かしか位置が変わらない。太腿《ふともも》を揉《も》む動きで指を皮膚に食い込ませ、こちらを観察してくる。エレインの表情を見逃すまいとする視線に炙《あぶ》られた。

「あ……っ」

もどかしい。だが何をしてほしいのかエレイン自身にも判然としなかった。

何せこんなことをするのは初めて。閨《ねや》の講義はもうしばらく後に受けることになっていて、現時点での知識は乏しかったのだ。

「貴女はただ感じてくれていればいい」

エレインの当惑はお見通しのようで、ルシアが不安を払拭してくれる。

頬に贈られるキスは、さながら恋人同士の甘さを秘めていた。見つめ合う視線も熱を帯びている。切実に何かを求め、相手の中にも『それ』を探していた。

「ふ……ぁッ」

ついに脚の付け根へ潜り込んだ男の指先が、エレインの花弁に触れる。

そこが既に泥濘《ぬかる》んでいることを、濡れた水音が教えてくれた。

「んん……っ」

こそばゆさを上回るざわめきが生まれる。とても平然としていられない。声が勝手に漏れ、身を捩らずにはいられなかった。

ゾクゾクした何かが、エレインの内側で盛り上がる。

特に敏感な肉粒を弄られると、じっとしているのは不可能になった。全身から汗が噴き出し、肉芽を捏《こ》ねられる度に、ひっ迫感が増してゆく。それでいて期待も大きくなった。

触れられたい。触れたい。もっと全身で彼を感じ取りたい。何物にも隔たれず、特別な距離感で。

エレインが自発的に何かを欲するのは珍しく、しかもそれを表現しても許されることに、甘えたくなる。

物欲しげにルシアを見つめると、彼が嬉しそうに笑み返してくれるから、余計に我が儘《まま》を許された心地になった。

「……ぁ、あ……ルシア、様……っ、ん、はぅ……っ」

花芽を転がされ弾かれる。表面を叩かれるのも堪らない。初めは触れるか触れないかの繊細な指使いだったのが次第に激しくなり、エレインの味わう愉悦も際限なく膨らんだ。

あと少しで飽和しそう。限界がすぐそこまでやってきている。

それを味わえば、自分がどうなってしまうのか——怖さと好奇心が拮抗《きっこう》した。

「エレイン、貴女のここが健気《けなげ》に僕の指をしゃぶろうとしている」

「ひ……ぁ、あぁッ」

何物も受け入れたことのない隘路《あいろ》に男の指が侵入し、濡れ襞《ひだ》を撫で摩られる。苦痛と紙一重の喜悦は、味わったことがないもの。どう処理すればいいのか分からず、身悶《みもだ》える。

本気ではない拒絶は相変わらず声にならず、その分エレインの中で燻《くすぶ》る熱に変換された。

吐息は弾み、濡れている。自身の呼気に喉が爛《ただ》れそう。

もがいた拍子に胸を突き出す体勢になって、乳房を珠《たま》の汗が流れていった。

「ぁ、あ……っ、ん、ぁああ……っ」

淫蕩な水音が掻《か》き鳴らされる。蜜路を出入りする指に掻き回され、陰唇はみっともなく綻び出した。

思い悩む頭とは無関係に、身体の方はとっくに準備を整えてしまっている。

ルシアの指を歓待し、卑猥《ひわい》な動きで奥へ誘い、潤滑液を滴らせた。

吸い込んだ空気が甘く香り、余計に思考は朦朧《もうろう》と霞む。生々しく快楽は感じても、それ以外の全ては茫洋《ぼうよう》とした。

「んっ、ん、ぁ、あ」

淫路が熟れ、唾液を塗された胸の先端も疼き全身が鋭敏になる。彼と接触している場所から逸楽と魔力がどんどん流れ込んだ。

花芯を扱《しご》かれ愛《め》でられると、蜜穴がヒクついて感度が上がる。すると淫窟に収められたルシアの指をより締め付けてしまった。

不随意に蠢《うごめ》く肉壁が浅ましく蠕動《ぜんどう》する。涎《よだれ》を垂らし、恥も外聞もなく。

エレインが大胆に膝を立てれば、更に蜜道の奥まで指先が侵入して、新たに気持ちのいい場所を探り当てられた。

「アッ、……ぁ、ああ……っ」

ぐぷぐぷと音を立て、さも美味しそうに彼の指をエレインの媚肉が食《は》んでいる。

太腿を生温《なまぬる》い滴が伝い、自然と腰が浮き上がった。

淫窟を掘削され、肉雷を虐《いじ》められ、僅かに残っていた羞恥心が甘い毒に塗り潰される。

気持ちがいいことしか考えられなくなり、エレインは両手で顔を覆った。

「ひ……ぁ、アッ」

「顔を隠さず、もっと素直に法悦を飲み干して。自制心を捨ててしまえば、僕の魔力が馴染みやすい」

「んぅッ」

陰核を強めに捏ねられ、チカチカと光が散った。

爪先は勝手に丸まり、手も脚も力を抜けない。幾度も痙攣しつつ、卑猥な形で固まった。

いつしか隘路を探索する指は二本に増やされ、丹念に肉襞を往復している。合間に親指で花芽を押し潰され、舌先で擽《くすぐ》られると、限界はすぐに訪れた。

「あ……っ、ぁああアッ」

火花が爆《は》ぜる。文字通り、エレインの頭は真っ白に焼き切れた。

一気に引き絞られた四肢が空中を跳ね、圧倒的な快楽の只中に放り出される。

何も、考えられない。息を整えることも難しい。繰り返し押し寄せる官能の波に溺れないよう、意識を手放すまいとするだけ。

それすらなかなか去らない絶頂の嵐にもみくちゃにされた。

達した一瞬空っぽになったエレインの内側へ、ドッと魔力が流れ込む。口づけで分け与えられていた時と同種のものでも、量と勢いが段違いだった。

干からびていた何かが潤う。だが満水に至るには、いささか足りない。

エレインは欲望に抗わず、瞳に懇願を乗せた。

——もっと……

声に出す勇気はない願いはあまりにも淫ら。平素であれば、とても表には出せない。

けれど閉じられた空間で二人きり。ルシアから距離を縮めてくれ、こちらも『駄目』な理由を探す理性はなくしていた。

両脚を抱えられ、左右に大きく開かれても、羞恥心よりゾクゾクとした興奮が勝る。濡れそぽつ蜜口へ苛烈な眼差しが注がれれば、エレインの腹の奥から新しく愛液が溢れた。

吐息が凝る。いつも適温に保たれている室温が、汗ばむほどに感じられた。

二人の吐き出す呼気が滾《たぎ》って、おそろしく猥雑《わいざつ》に響く。

彼の美しい顔が接近してきて、エレインの腹へ口づけられた。

臍《へそ》の下。柔らかな肉に吸い付いて、軽く歯を立てられる。痛みはないものの、噛《か》みつかれたのは初めてで、少なからず動揺した。

食べられてしまいそうな驚きと、ルシアに吸収されたい倒錯感。与えられている立場なのに、獲物になった感覚で陶然とした。

「あ……！」

下腹を数か所齧《かじ》られて、彼の唇が到達したのは、不浄の場所。

散々指で解され、潤んだ肉のあわいだった。

「そこは……」

「美味しそうに熟している」

「は……ぁ……ああっ」

肉芽を舌で転がされ、エレインは喘《あえ》いだ。

最も過敏な部分を唇で食まれ、舌で突かれる。かと思うと彼の口内へ吸い上げられ、甘噛みされた。

硬い歯の感触と肉厚な舌の滑りを交互に味わい、混乱が深まる。同時に愉悦が大きくなり、髪を振り乱さずにはいられなかった。

「ぁ、あ……はぁあ……ッ」

鼓動が速くなるにつれ、不思議と息をしやすくなる。確実に呼吸は荒くなっていても、取り込める空気の量が変わっていた。

一息吸えば、全身に力がいきわたり、重怠《だる》かった四肢が軽くなる。ようやく自由に動かせるようになってきた手で、エレインはルシアの頭に触れた。

己の股座《またぐら》に顔を埋める彼を押しやろうとしたのか、むしろ更に押し付けようとしたのか。自分でも不明なまま腰をくねらせる。

指先を擽る髪の感触が心地よく、遊ばせずにいられない。散髪をするため真剣に触っていた時とは全く違う爛れた思考が、一層エレインの愉悦を煽った。

「んぁあッ」

弓なりになって、逸楽を甘受する。

膨れた肉粒は勃ちあがり、より淫蕩な刺激を求めた。自らのふしだらさを抉《えぐ》り出《だ》された気分なのに、エレインは後ろめたさよりも目くるめく快感に夢中になる。

転がされれば喘ぎ、啜《すす》られれば悶え、摩擦されると嬌声《きょうせい》を漏らした。淫窟へ再度ルシアの指が入ってきて、わざとらしい音を立て掻《か》き回される。

先刻よりも荒々しい。しかし、怯《おび》えはなかった。全ては彼が導いてくれるから。ルシアが手を引いてくれるなら、何も怖くはない。彼が非道な真似はしないと、心から信じられた。

「あ、ぁ、ァ……はぁあッ」

閃光《せんこう》がちらつく。噴き出した汗で肌が滑り、エレインの乳房の先端がルシアの胸板に擦れた。

「ひ、ぁ、ああ……っ、気持ち、いい……っ」

己が何を口走っているのか、冷静に鑑《かんが》みられるはずもなく、エレインの口の端から唾液が伝う。

ねっとりと舐められ、齧られ、捏ねられると、また絶頂感があっけなく襲ってきた。

「……あ……あァあああッ」

凄まじい恍惚感が駆け抜ける。直後の虚脱感は、体験したことのない大きさ。乱れる呼吸を繰り返すだけになったエレインは、呆然と天井を見上げていた。

――おかしくなる……

猛毒めいた快楽と満たされてゆく気力に、エレインの器の方が壊れてしまいそうだ。とても、全部を受け止めきれない。これまで緩やかに注がれていた魔力は、かなりの気遣いと調整で成り立っていたのだと、思い知った。

いっそ暴力的にぶつけられるルシアの魔力は、荒々しい激情に似ていた。理性も良識も破壊されかねない、危険なもの。およそ性的なことに関し無知だったエレインには、手に余る。翻弄され根底から常識を覆される予感がした。

——だけどそれでも……

体内の戦慄《わななき》が大きくなる。秘唇からはとめどなく蜜液が溢れた。

心臓がドクドク高鳴るのは、恐怖ではなく口にできない昂《たか》ぶり故《ゆえ》。いやらしく貪欲な欲望が心も身体も支配した。

——私、幸せを感じている。

この狭い空間だけが今のエレインの世界で、存在する他者はルシアのみ。けれどそれこそがかけがえのない安心感をくれた。

望まぬことをしなくていい。人の意見に左右され、己を殺す必要もない。自由も不自由も、根本は同じだった。責任を負うなら、せめて自ら選択したい。

過去の自分には戻りたくない。戻れない、と思った。

「ルシア様……」

「エレイン」

綻んだ蜜口に硬いものが押し当てられる。愛液を纏わせる動きで花弁を上下に擦られると、たったそれだけでも絶大な快感になった。

濡れた肉が卑猥な音を立て、彼の楔《くさび》の先端がエレインの中へ入ってくる。ゆっくり。けれど着実に。

狭隘《きょうあい》な道を割り拓《ひら》かれる苦痛は相当で、数秒呼吸もできなくなった。

「……っ」

「息を止めずに、吐いて。苦しいか?」

「へい、き……です……っ」

実際、耐えられないほどではない。未知の痛みに涙が溢れたものの、やめてほしいとは微塵も思わなかった。

満たされ、潤う。何よりも心が、密着したいと叫んでいた。

「んぅう……っ」

やがて二人の間にあった空間が駆逐される。隙間なく重なった局部が、ルシアの全てを呑み込めたことを教えてくれた。

──内側がジンジンする……でも、幸福な痛みだ……

達成感が込み上げて、泣きたくなるのは何故だろう。どうしようもなく胸が震え、エレインの眦《まなじり》から涙が溢れた。

「すまない、エレイン。泣かないでほしい」

彼がこちらに唇を寄せ、こめかみに流れた滴を吸い取ってくれた。そのまま目蓋と耳殻を舌で慰撫《いぶ》される。

湿った吐息が耳に注がれ、こそばゆい。頬を摺り寄せられると、余計に涙が滲む理由は、エレイン自身にも分からなかった。

だが悲しいのでも辛いのでもない。胸がいっぱいで——気持ちが溢《あふ》れ出ただけだ。

「違います。嬉しくて……」

こぼれたのは、飾り気のない本心。宝物のように抱きしめられ、この上なく安堵する。注がれる魔力以上に、エレインに不足していた何かが補完された。

「そう言ってくれたら、僕も救われる」

見つめ合って交わす口づけは、蕩けそうな甘さだった。混じる唾液が、花蜜のよう。

何度もキスはしてきたが、今日は特別だと断言できた。

舌を絡め、歯列を辿り、唇で食んで、情熱を伝える。もっと溶け合いたいと願い、懸命に互いの口内を貪った。

水音が響き体温が上がると、のぼせた頭がぼうっとする。だがそれも愉悦の糧になり、もっとと求めずにはいられない。

エレインの望むままルシアが口づけてくれると、一層渇望が膨れあがった。

満足するどころか、余計に欲しくて堪らなくなる。四肢を絡ませ欲求に従えば、目くるめく官能と充足感を得られた。

「ぁ、あ……」

「動いてもいいか？」

切なげに掠れた男の声が艶っぽく、エレインは夢中で頷くことしかできない。

囁き一つで、蜜路が疼き喜悦が増した。

彼がしばらく動かずにいてくれたおかげで、破瓜《はか》の痛みはだいぶ和らいでいる。それよりもじりじりと悦楽の水位が上がっていた。

「ん……ッ」

エレインの淫窟がルシアの肉杭で緩々と擦られる。激しい動きではなくても、無垢な処女地は圧迫感を訴えた。だが充分に時間をかけ彼がエレインの快楽を引き出し導いてくれたおかげで、苦痛はたちまち恍惚へ置き換わる。

「あ……っ、ん、ぁああ……ッ」

相変わらず鋭敏な花芯を摘まれ、愉悦が戻ってくる。膣奥からとろりと愛蜜が溢れ出て、ルシアの動きを助けた。

いやらしい水音が室内に降り積もり、中央に置かれたベッドの軋みが重なる。

それよりも大きな音は、二人の喘ぎと乱れた息だった。羞恥心をかなぐり捨て、欲望のまま振る舞う。

ただひたすら相手を欲し、大胆に自分を解放すると、本気で羽が生えた気持ちになった。

彼と一緒なら、どこまでも飛んでいけそう。現実はこの部屋を出入りもできないのに、エレインは精神的な解放感に酔いしれる。すると淫悦の勢いがうねりを増した。

「……アッ、あ、んぁ、あ……っ」

揺さ振られる視界の中、ルシアが翠の双眸を優しく細める。慈しみを感じたのが、勘違いでも構わない。

エレインが多幸感に包まれたのは揺るぎない事実。

さながら彼に愛されている錯覚を味わい、自らも拙く揺れた。

いっそ永遠にルシアの研究のため囚われていられたらいいのに――そんな愚かな願望を、笑い飛ばすことはできなかった。

第三章　再会

エレインの体調は格段に安定した。

あれ以来原因の分からない頭痛や吐き気に襲われることはない。至極健康体だ。気力が漲《みなぎ》り、体力は増した。食欲だってある。

だがそれは、一度肌を重ねてからはほぼ毎日睦《むつ》み合うようになったおかげに違いなかった。口づけではなく、性行為で魔力の供給をするのだ。

——一度だけかと思ったのに……

あの日以降、触れることへの抵抗感がルシアは勿論エレインからも薄れている。むしろ身体のどこかを常に接触させておきたくて、離れることが怖くなっていた。

眠る時でさえ手を繋ぐ。そうしないと、相手が消えてしまうと怯えているように。

——それは私が？　それともルシア様が？　それに私たちの関係は、いったいどんな名前が適切なのだろう？

考えても分からない。下手に抱き合ってしまったから、余計に見えなくなっている。

彼曰く、『想定外の問題が起きて、大量の魔力を注がなくてはならなくなった。あの方法が一番安全だっただけで、邪《よこしま》な意味はない』そうだ。

魔術師特有の探求心が理由なら、エレインが期待するのは愚かなこと。それでも意味を欲さずにはいられない女心を持て余した。

――私の魂が無事肉体に定着したら、ルシア様とはお別れしなくてはならないの？

「あ」

指先にチクリとした痛みを感じ、エレインは我に返った。

無聊《ぶりょう》を慰めるため始めた刺繍の途中だったのを思い出す。エレインが暇を持て余していると思っているルシアが、持ってきてくれたものだ。

即席の星空を再現してくれた彼は、あれからも様々に趣向を凝らしてエレインを楽しませてくれた。

部屋の中にいながらにして世界の遺跡を散策し、異国の花畑で微睡《まどろ》み、氷に閉ざされた洞窟も探検した。どれもこれも、本来エレインが一生拝むことがなかった光景。

それらが、ルシアが指を鳴らすだけで眼前に広がる。まさに夢のようで、毎回エレインは歓声を上げたものだ。

しかしそう何度も彼の魔力を自分のために使わせるわけにはいかない。しかも遊びなどのために。

そこでさりげなく『特別な体験はごくたまにでいい』と告げ、普段はもっぱら本や刺繍、編み物の道具を差し入れてもらうことにしていた。

今手にしている針もその一つだったのだが、ボンヤリ物思いに耽っているうちに、自らの指を刺してしまったらしい。

人差し指の先端から赤い滴が盛り上がり、エレインはつい嘆息した。

「……駄目ね」

自分の不注意に呆れる。だが傷口を舐めようとした刹那、横から手を取られた。

「きゃ……」

「怪我《けが》をしたのか」

長椅子に座ったエレインの傍らに立っていたのは、当然ながらルシアだった。彼は最近、エレインの前で顔を隠さず、たっぷりとしたローブも身につけない。

服装だけなら、良家の子息が屋敷で寛《くつろ》いでいるような格好をしていた。

そんな彼は先ほど、珍しく『呼び出された』と仏頂面で出ていったばかりだ。てっきり帰りは遅くなると思っていたが、随分早い戻りに驚いたのはエレインの方だった。

「お早いお帰りですね。もう用事は済んだのですか?」

「ああ。大した話ではなかった。次にこの程度で呼び出されたら、再起不能にしてやる」

随分と物騒な物言いに、エレインは苦笑した。

——ルシア様を呼びつけたということは、国王様かしら？　ひょっとして、いよいよジュリウス様とティティリアの結婚が近いのかな……

その件で胸が痛むことはないが、複雑な心地はした。

「そんなことより、僕が不在の間に傷を負うとは、どういう了見だ」

「傷って、ほんのちょっぴり針で指を突いただけですよ」

「血が出ているじゃないか」

「もう止まっています」

刺し傷は浅い。痛みも既にほとんど癒えていた。

「黙って。僕の目が届かないところで勝手に怪我をしないでくれ」

「あ」

指先をルシアに迷いなく食まれ、エレインは驚愕した。

生温い感覚で、傷痕を擽られる。閨ではこういう行為が珍しくなかったが、明るく健全な空気の中では妙な気恥しさを感じた。

「ルシア様……！　そ、そこは」

人差し指だけでなく中指と薬指まで彼の舌が這う。ぬるつく感触は、淫靡《いんび》な記憶を容易に思い起こさせた。

「ふ……っ」

針で突いた直後より、指先が疼く。視線を絡めたまま手をしゃぶられるのも居た堪れない。どこを見ていればいいのか分からなくなって、エレインは忙しく目を泳がせた。

「……これで大丈夫だ」

言われて自らの指先を見れば、刺し傷は完全に消えている。血が止まっただけでなく、最初から何もなかったかのような滑らかさだった。

「あ……まさか魔術で治してくださったのですか？　あの程度、放っておいてくださって大丈夫なのに……ルシア様の魔力がもったいないではありませんか」

「僕の力をいつどこで何に使うかは僕が決める」

「それはおっしゃる通り、ですが。……貴方なら舐めなくても、小さな怪我程度一瞬で消せますよね？」

大量の魔力を消費しなくてはならないなら話は変わるが、共に生活する中で表面の傷を塞ぐくらい彼にとって造作もないと分かった。

それこそ片手間でこなせる。当然詠唱も何も必要ない。

つまり淫靡さを漂わせながらエレインの指をしゃぶる理由はなかったのである。

「できるが、さっきも言っただろう。僕の力をいつどこで何に使うかは僕が決めると」

悪びれもせず宣うルシアは、皮肉げに微笑んだ。少しだけ意地の悪い笑顔も様になる。

案外表情が豊かな彼は、出会った当初よりも格段に魅力的に感じられた。

「こんな失敗をエレインが犯すなんて、珍しいな。何か考え事でもしていたのか？」

勘のいい彼には自分が悩んでいることなどお見通しらしい。

適当にごまかしても納得してくれない気がして、エレインは仕方なく『言える範囲』を口にした。

「……その、ルシア様が色々気遣ってくださっているのは重々承知しておりますが、外の空気をたまには吸いたくなったと申しますか――」

本当は彼との別れを想像して心乱れていたとは打ち明けたくない。代わりに、嘘ではないもののたいして重くない悩みを漏らした。

魔術で作られた幻影も完成度は高く、匂いや感触を伴い、本物と比べて遜色なく、充分気分転換はできている。だが時には『本物』が懐かしくなるのは否めないのだ。

「ふぅん。まぁ適度に日の光を浴びないと、生物には悪影響があると誰かが言っていたな。――分かった。ではこれから外に出よう。エレインの身体も今なら耐えられるだろうし」

「え……っ」

自分で言っておきながら、まさかルシアに聞き入れてもらえるとは考えていなかった。てっきり『駄目だ』と却下され、この話は終了すると踏んでいたのだが。

「出かけよう。準備に手伝いは必要か？」

「あ、いいえ。着飾るわけではありませんので。すぐにでも出られますが――」

今日の服装は動きやすいワンピース。とは言え質素なだけではなく、布は上質で品がいい。良家の子女がお忍びで着ていそうなものだった。

「そう。それじゃ行こうか。とりあえず沢山の店や劇場がある賑《にぎ》やかな大通りはどうだ？　僕の魔術では再現したことがなかった」

思いの外軽く言われ、戸惑いが隠せない。

行き先がひと気のない場所でなく、王都の中心部なのも驚きだ。

しかも彼はローブを身につけることなく、出かけるつもりらしかった。

「顔を隠さなくてよろしいのですか？　人に見られたら、面倒では――」

「あんな仰々しいものを羽織ったままでは動き難いし、逆に目立つだろう。……それとも、貴女は僕と出かけるのが嫌なのか？」

「え、違います。ルシア様が嫌がられると思って」

だが言われてみれば、魔術師の格好で街中を練り歩く方が確かに人目を集める。それでも納得しきれず、エレインは眉根を寄せた。

自分の迂闊な発言のせいで、彼に嫌な気持ちにはなってほしくない。それにもう一つ、気にかかる点があった。

「……私は死んだことになっているんですよね？　知り合いに会う可能性は低いかもしれませんが、万が一生存していると知られては、厄介なことになりませんか？」

妹と王太子との婚姻が近いなら、エレインの生存は余計な災いの種になるかもしれない。

それ以上に避けたいのは――

――まかり間違って連れ戻されることになったら――嫌だ。

今のルシアとの生活をなくしたくない。永遠にこのままではいられないとしても、あともう少しと欲を捨てられなかった。

「それが気になっていたのか。……もしや僕と出かけるのを嫌がっているのかと思った」

「そんなわけありません！　ルシア様と外出できるなんて、夢のようです」

想像しただけで胸が高鳴る。気後れしていたエレインも、自然と笑みが溢れた。

「だったらよかった。貴女が気になるなら、他人からは僕らの姿を認識し難く、記憶にも残らないようしよう。それなら安心して外出できるか？」

「でもルシア様の魔力を無駄遣いさせてしまうのは……」

「無駄かどうかは僕が決める。僕は今日、エレインと出かけたい。我が儘に付き合ってくれ」

外に出るのを望んだのは自分の方で、あくまでも彼は聞き入れてくれただけだ。

それなのにまるで強引にエレインを連れ出すような物言いは、こちらの申し訳なさを軽減してくれた。言葉はぶっきらぼうだが、根底には優しさが詰まっている。

そのことが、途轍もなくエレインを歓喜させた。

――私を思って言ってくださったのね。これまでも充分心を砕いてくださったのに。

気遣われることに慣れていない。家族は皆、エレインに要求するばかりだった。こちらの気持ちを優先されたのは初めてで、胸に温かなものが広がる。

むず痒くて、どんな反応を示せばいいのか分からない。

それでも、泣き出したいくらいに嬉しいことは揺るがない真実だった。

「ありがとうございます。是非、ご一緒させてください」

「ああ。では手を」

差し出されたルシアの右手に、エレインは自らの手を置く。瞬きをした次の瞬間には、空気も景色も一変していた。

「わぁ……」

指先一つで彼が情景を変えるのは何度も見てきた。しかし肌に響く喧騒と埃《ほこり》っぽさが、これが魔術で作られた幻影ではなく現実なのだと知らしめてくる。

大勢の人が行き交い他国の言語も飛び交って、馬車が通過し、あちこちから様々な匂いが漂う。

食べ物のいい香りだけではなく、悪臭や獣臭もあり、猥雑さがエレインに新鮮味と懐かしさを呼び起こした。

「すごい……一瞬で」

「思いの外肌寒いな。これを羽織って。このケープに魔術をかけてある。これでエレインの印象は他人から希薄になる」

　言われてみれば、若干風が冷たい。けれど真冬の気候でもない。いつの間にか春が訪れていたのだと、エレインは初めて気づいた。

　——もう季節が変わっていたのね。すっかり時間の感覚が麻痺しているわ。

「行きたい店はあるか？」

「いいえ。こういうところをそぞろ歩いたことはないので、詳しくはありません」

　いつも馬車の中から眺めるだけだった。どこかへ立ち寄ったとしても、屋敷から目当ての店へ直行するのみ。目的もなく王都の街を楽しんだことはないのだ。

「それでは僕の行きつけでいいか？」

「ルシア様がよく行かれるお店があるのですか？　是非見てみたいです！」

　そこが飲食店なのか洋品店なのかも知らないが、エレインには興味があった。

　考えてみれば、彼に関して何も知らない。何を好み、どんな交友関係なのか。

　あまりずけずけ聞いてはいけないと思い、ずっと質問は控えていた。それをルシア自らが片鱗《へんりん》でも見せてくれるなら、前のめりにならないわけがない。

　この好機を逃してなるものかと、エレインは思わず彼の手を引き、行き先も分からぬまま大通りを歩き出した。

「こちらの方向で合っていますか？　歩いてどれくらいかかります？」

徒歩で行く街並みは、ただ車窓から眺めるより活気に溢れ、騒がしさと興奮を感じる。

人々の顔は生き生きして、子どもらがすぐそばを駆け抜けていった。その近くでは、言い争う男女がいたり、店の呼び込みが声を張り上げていたりしている。

馬車を引く馬が排泄《はいせつ》しながら通り過ぎた時には、思わず笑ってしまった。

動物なのだから自然な生理現象でも、エレインにとっては生まれて初めて目にする衝撃の光景だったからだ。

「ふ、ふふふっ、何だかとても面白い」

生きている実感が湧き、見るもの全てが刺激的だった。

興味を引かれるのに任せ、脚の向くまま路地を曲がる。その先は高級店が並ぶ大通りから逸れ、雑多な雰囲気に満ちていた。

見回せば、これまで視界に入らなかった店がいくつも飛び込んでくる。

煽情《せんじょう》的な民族衣装を着た人が営む、屋台に並べられた果物や肉、異国の装飾品に器など。

演奏の仕方が分からない楽器に、少々不気味なお面も。どれも貴族が好む品ではなさそうだが、この上なく煌めいて見えた。

他には繕い物をしてくれる店、薬草を煎じる民間療法の店が建ち並ぶ。

おそらく庶民が日常的に利用する界隈《かいわい》なのだろう。そういう店舗があることも知らなかったエレインは、通りかかる度に瞳を輝かせ覗《のぞ》き込んだ。

「欲しいものがあれば、言え」

「いえ、こうして見ているだけで充分楽しいです。あ、あれは何でしょう？」

「鳥の模型だ。決めた時間で鳴く設定になっている」

「世の中にはそんなものがあるのですか？」

本物の鳥に見える美しい羽根を持つ置物は、時計の役目を果たすと聞いて驚愕した。

貴族社会では、天井まで届く大きく重厚な振り子時計が今の流行《はや》りだ。とにかく大きければ大きいほど、良しとされている。

家の経済力を示すために、名の知れた作家の彫刻が施され、宝石や金で飾ったものが特に好まれていた。勿論、バルフォア侯爵家の応接間にもこれ見よがしに飾られている。

小鳥を模した商品はそれとは比べ物にならない小ささだが、格段に愛らしい。しかも店頭には色や形の違う鳥がいくつも並んでいた。

「可愛い……」

好みの顔をした小鳥を見つけ出すのも楽しそうで、エレインの脚は自然に止まった。

「これが欲しいのか？」

「い、いいえ。これほど精巧な芸術品、とても高価に決まっています。私には支払えません」

金を持っていないエレインが手に入れられるものではない。慌てて首を左右に振ると、ルシアがふっと微笑んだ。

「僕が勝手に買いたいだけだ。それとこれは一種の土産物で、特別高くはない」

「えっ、こんなに美しくよくできているのにですか?」

「ああ。だから好きなものを選べ」

そう言われても俄《にわ》かには信じ難かったが、店構えや店主の出で立《いた》ちを見ると、確かに高級店とは思えなかった。庶民的な店なのだろう。

色とりどりの鳥たちは、直射日光の当たる場所で乱雑に置かれている。貴重な工芸品ならば、こうはいくまい。

エレインは戸惑いつつも、手に取った品をしげしげと眺めた。

想像より重みがあるのは、内部にゼンマイなどが仕込まれているからか。羽根は本物を貼ってあるらしく、艶やかだ。

製品の大きさより、どれだけ珍しい羽根を使っているかが価格の差になっているようだった。

瞳や嘴は硝子細工で、パッと見は本当に生きている。

どれが一番かを選びきれず、エレインはほぅっと感嘆の息を吐いた。

「決めたのか?」

「いえ、素敵な品を鑑賞できただけで満足です」

心惹かれはするが、ここでエレインが『気に入った』と言えば、きっとルシアが金を支払うことになる。

彼にこれ以上自分に関する出費をさせたくなくて、エレインは手にしていた鳥をそっと棚に戻した。

――今着ている服や靴も全部、ルシア様が用意してくださったのだもの。必需品でないものを強請《ねだ》るなんてできないわ。

「ではこれはどうだ？　貴女の瞳の色に似ている」

彼が示したのは、淡い紫色をしたとても小さな商品だった。尾が長く、先端は金色。こんな羽を持つ鳥は、ディンバーグ国には存在しない。

とても珍しいのは明らかで、他の品より丁寧に作られているようにも見えた。

――何て綺麗な……それに目の硝子は翠色だわ。

それはつまりルシアの瞳の色と同じ。運命的なものを感じ、エレインは頬を紅潮させた。

「すごく素敵です」

「気に入ったなら、これにしよう」

「え、でも――」

貴重な羽根を使用しているものほど、値段が高い。特に彼が選んだ鳥は、一つだけ瀟洒《しょうしゃ》な鳥籠に収められていた。他との扱いがあからさまに違う。それだけ値が張るのは明らかだった。

「僕が欲しくなった」

「え……」

そう宣言されてしまえば、もはや『いらない』とは言えなくなる。

支払いを済ませるルシアの背中を、エレインは眺めることしかできなかった。

「お待たせ。はい」

リボンの結ばれた箱を渡され、その大きさから鳥籠ごと購入したのが分かる。紫色の鳥は勿論のこと、鳥籠も精緻に作られた品だったので、エレインは驚いてしまった。

「あの……た、高かったのではありませんか」

「さほどではない。たぶん貴女が思っているよりはずっとお買い得だ。安心してくれ」

「だけど――」

「そんなことより、喜んでくれないのか？」

言われて、まだ自分が彼に礼を言っていないことに思い至る。エレインは慌てて受け取ったばかりの箱を抱え直した。

「あ、ありがとうございます。一生大切にします」

「なら、笑って。笑顔を見せてくれたら僕は嬉しい」

そんな風に言われたら、笑うつもりが泣きたくなる。涙が込み上げ、エレインは瞬きでごまかした。

「こんなに素敵な贈り物をいただいたのは、初めてです。本当にありがとうございます」

今後何があっても手放すまいと、箱を抱える手に力が籠った。

——もしルシア様の傍を離れる時がきても……これだけは永久に私のもの。

両親に与えられたものや、バルフォア侯爵令嬢だったからこそ贈られた品々は、エレインの立場が変わった途端一つも手元に残らなかった。

だがこの鳥と鳥籠は、ずっと宝物のまま。自分のものだと胸を張って言えると思うと、誇らしくさえあった。

——嬉しい。こんなに幸せで、怖いくらい。

頬が綻び、裏腹に涙が伝う。彼は黙って、エレインの頬を拭ってくれた。

「この通りをもっと進んだ先に、静かな店がある。ハーブを扱っていて、狭いが落ち着ける。よく行くんだ」

「ハーブですか？　楽しみです。連れて行ってください」

エレインが大きく頷くと、ルシアが箱に目をやった。

「荷物になるから、先にそれを魔塔へ送っておくか」

「いえ、大丈夫です。むしろ持っていたいんです。貴方が私に下さったものなので……」

重みすら、存分に味わいたい。本心からそう告げると、彼は微《かす》かに目を見張り、その後赤面した。

「……可愛いな」

「ええ。この鳥があのお店の中で、一番可愛かったです！」

屈託なくエレインが告げると、ルシアは咳払《せきばら》いをして顔を背けた。

「……僕を試しているのか？　こんな街中で誘惑してくるなんて」

「はい？」

「いや、貴女はそういう駆け引きが得意ではないな」

王太子妃候補だった頃も本音と建前を使い分ける社交が苦手だったので、駆け引きが得意じゃないのはその通りなのだが、呆《あき》れ気味に言われると釈然としない。

エレインはつい彼を上目遣いで見つめた。

「これでも一応必要な立ち居振る舞いは身につけております。ルシア様を失望させるひどさではないと思います」

だが、エレインの不満は伝わらなかったようで、彼は天を仰いで深々と嘆息した。

しかも恨めしげにこちらへ流し目を寄越《よこ》すではないか。

「純真なままなのも、考えものだ」

「どういう意味ですか」

答える気はないらしく、ルシアはわざとらしく肩を竦めて歩き出した。ただし、エレインの片手を取って。

繋いだ手は、温かい。擽ったい気持ちがし、文句は喉の奥に絡み出てこなくなった。

「一度大通りに戻り向かった方が近いな。他に興味がある店があれば、言ってくれ。疲れていないか？」

「はい、大丈夫です」

久し振りに出歩いた疲労感よりも、心がとにかくフワフワしている。今日はいつまでだって歩ける気がした。

貰《もら》った籠入りの鳥も、ちっとも重くない。むしろこうして彼と共にずっと歩いて行けたら幸せだと願った。

慣れた様子で道を曲がるルシアに導かれ、馬車が行き交う広い通りに戻る。こちらはやはり生活水準が高い客を相手にしているのか、路地裏の店とはまるで違った。

煌びやかで、流行の最先端。闊歩《かっぽ》する人々は、誰もが着飾っている。

以前のエレインなら、当たり前にこちら側だけが目に入っただろう。けれど今は、先ほどまでの賑やかで活気ある、やや薄汚れた路地が好ましかった。

「向かうハーブのお店は、この通り沿いですか？」

「いや、一本向こうだ」

だとするとまた違う路地に入るらしい。何故かホッとしたエレインは、彼の手を握る指先にそっと力を入れた。

——今日のことを、一つも忘れたくないな……

夢見心地で、意図せず頬が綻ぶ。足取りは弾むよう。

その時、「だから何度も言っているじゃない！」と叫ぶ女性の声が響いた。

「え？」

視線を巡らせれば、どうやら宝飾店の前で揉めている人影がある。

深々と頭を下げているのは、その店の従業員だろうか。腕を組んで彼女を見下ろし立腹しているのは、まだ二十代前半の若い女性だった。

「先週まではここに飾られていたの！　私の主《あるじ》が気に入ったと言っておいたはずよ。なのにどうして他人に売ってしまったのよ！」

「で、ですから、取り置きの話はなかったので、先にお支払いになったお客様が優先になります」

「何ですって？　私の主が気に入ったと伝えたんだから、確保しておくのが当然じゃないの！　何故あの時点で奥に引っ込めておかないのよ？」

随分身勝手な言い草にエレインは唖然《あぜん》とした。

口約束を交わしたなら理解できるが、そうでないなら言いがかりも甚だしい。

呆れてしまい、揉《も》め事《ごと》に首を突っ込むこともできないので、極力そちらを見まいとしたのだが。

――あら？　でもあの女性……見覚えがある？

遠目からでは確信が持てないが、キンキンと響く声には心当たりがあった。

──ひょっとして、あれは──

「そんなことを申されましても……では早急に同じ品を用意します」

「何を言っているのよ。私の主であるティティリア様に他人と同じ首飾りを身につけろと言うのっ？　ティティリア様は間もなくディンバーグ国の王太子妃になられる方なのよ！」

あまり接点がなかったので、エレインは妹の専属侍女の顔をうろ覚えだった。

そのせいですぐには気づかなかったが、よくよく思い返せば確かにティティリアの傍に仕えていた女性だと気づく。気の強そうな物言いも、記憶に残っていた。

──だけど昔よりもっと偉そうになったわね。

仕える主が王太子妃に選ばれたことで、自分の地位も上がったと思っているのか。やけに尊大な態度は、一介の使用人とは信じられなかった。

「で、ではバルフォア侯爵家の……も、申し訳ありません」

喚《わめ》き立てる相手が、想像以上に高位の客であると知り、店員は真っ青になった。とは言え、彼女に非はない。

無茶なことを主張しているのは、ティティリアの侍女だ。それは見物人も店の他の従業員や責任者だって分かっているに決まっている。

それでもあまりにも相手が大物だったからなのか、誰も助け船を出せないのが現状だった。

「騒がしいな。ここを離れよう」

「でも……」

顛末《てんまつ》が気にかかる。野次馬《やじうま》根性ではなく、自分の妹が関わる揉め事なら、何らかの手を打つべきかと迷った。

――だけど私がしゃしゃり出れば、生きていることを知られてしまう。ルシア様にご迷惑がかかるかもしれない。

どうするべきか判じかね、エレインは立ち去ることもできずその場で固まった。

――そもそもティティリアはどこにいるのかしら？　自分の専属侍女が往来で騒動を起こしているのに……

やや遠くに、見覚えのある馬車が停《と》まっている。おそらくバルフォア侯爵家のものだ。あの中に妹がいるのだとすれば、この騒ぎが耳に入らないわけがない。ではティティリアの指示なのか。

――いくら何でもまさか。侍女の言い分はめちゃくちゃだし、人の多い往来で喚《わめ》くなんて外聞が悪いわ。間もなく王族に迎え入れられる者の所業ではない。

ゆくゆくは国の母になる身。誰よりも高潔で慈悲深く、己を律しているべきだ。よもや首飾り一つで難癖をつける真似をするとは考えられなかった。

エレインがじっと視線を注ぐ先に気づいたのか、ルシアも馬車と宝飾店前の諍《いさか》いを見つめている。妹の侍女はますます興奮を高め、更に声を荒げた。

「いったいどう責任を取るつもりっ？　まさかティティリア様に恥をかかせるの？」

「ど、どのようにお詫《わ》びすれば、許していただけますか」

女性店員は今にも泣き出しそうだ。全身を震わせ、何度も頭を下げている。けれど侍女に勘弁する気はないようで、小馬鹿にしたいやらしい笑みを浮かべた。

「自分で考えられないの？　誠意を見せるなら、謝罪としてもっといいものを用意なさいよ。優しいティティリア様なら許してくださるかもしれないわ。逆に言うと、最低限それくらいしなくては、王室への不敬罪に問われても仕方ないでしょ？」

まだ正式に王家へ嫁いだわけでもないのに、身分を振りかざすのはあり得ない。それも一介の侍女が。下手をしたら妹の悪評にも繋がりかねないではないか。

流石に見過ごせなくなったエレインは、無意識に一歩踏み出していた。

「――やめておいた方がいい。エレイン」

しかし背後から抱きしめられ、それ以上進めなくなった。

ルシアの腕が、エレインの身体を包んでいる。衝動的に動いたが、ハッと我に返った。

「貴女が出て行っても、あの場は収まらない。それどころか余計に騒ぎが大きくなる恐れがある」

「ルシア様の言う通りですが……あんな横暴な真似を、放ってはおけません。まして我が家のことなら――」

「それなら僕が行くよ」

「え」

エレインを制止していた腕を緩め、彼は事も無げに宝飾店へ近づいていった。

慌てて後を追おうとしたものの、エレインの脚はそこから一歩も動けない。どうやらルシアが何かしたらしい。声も出せなくなっており、視線のみそちらに向ける他なかった。

——ルシア様を我が家の揉め事に巻き込むわけには……！

気持ちが焦るばかりでエレインにできることは何もない。

やがて店前に辿りついた彼は、横に腕を払った。

ブブッと、空気が揺れて感じたのは、エレインだけかもしれない。何かが、空間に干渉した。

その証拠に視界に入る人々が全員一瞬動きを止める。

驚くべきは直後に何事もなく皆が活動を再開したこと。それも宝飾店の店員は背筋を伸ばし、店内に入っていった。その顔には悲痛な気配はまるでない。

どこか気取って、裕福な客を相手にしている普段通りの佇《たたず》まいに見える。物見高く集まっていた人々は三々五々に散っていった。

更にはティティリアの侍女が惚《ほう》けた様子で馬車へ向かってゆくではないか。怒りに歪んでいた顔は、別人の如く気が抜けていた。

——な、何が起こったの……っ？

エレインは眼前で繰り広げられたことが理解できず、ルシアが戻ってくるまで呆然としていた。

「さ、終わった。じゃあハーブの店へ行こうか」

「ええ？　待ってください。いったい何をしたのですか？」

呪縛が解け、エレインの声が戻ってきた。足も動かせる。

けれどまるで不可思議な世界に落とされた気分だ。何が何やら混乱し、暢気にハーブの店へ向かう気にはなれなかった。

「少しだけ認識を変更しただけだよ。精神干渉系は相手に悪影響を及ぼす恐れがあるから、範囲を絞って限定的にね。首飾りが事の発端らしいので、その記憶を消させてもらった」

そんなとんでもない術を、あの一瞬でしかも大勢にかけたのか。彼の実力の高さが空恐ろしい。少なからず顔を引き攣らせ、エレインは思わずよろめいた。

「……僕が怖い？」

エレインの反応を目にしたルシアが、双眸を細める。瞳には切なさが滲んでいた。もしくは不安か。

揺らぐ心情はハッキリ読み取れないものの、エレインの胸が痛んだ。

「あ……いいえ、ごめんなさい。怯えたのではなく、驚いただけです」

彼を傷つけてしまったのを悟り、狼狽《ろうばい》して首を横に振る。本当にそんなつもりはなかった。

想像を絶する事態に困惑していたに過ぎないと伝えたくて、エレインはルシアの手を握る。

彼の掌は、いつもよりヒヤリと冷たかった。いや、手どころか身体全体が冷えている気もする。顔色も悪い。

羽織っていたケープを咄嗟に脱いだエレインは、背伸びしてそれをルシアの肩にかけた。

「私にはよく分かりませんが、一度に複数の方に術をかけ、ルシア様は大丈夫ですか？　お話を聞く限り、とても繊細な調整が必要なのではありませんか？」

彼だからこそ簡単に見えただけで、実際のところは大掛かりな準備や対策が必要なのではないだろうか。

何事もなかったかの如く平和に戻った街中は、とても記憶を弄られた人が大勢いるとは信じられない。誰もそのことに気づいてさえいないのだ。

そういう複雑かつ大規模な術を発動したなら、何らかの反動が彼にあっても不思議はなかった。

「……記憶の改竄《かいざん》は、それが当事者にとって大事なものであるほど精神面に危険を及ぼす。場合によっては命を落とすこともあるが、たいしたことのない思い出なら、特に影響はない。先ほど喚いていた女に、首飾りの件は言うほど重要な記憶でもなかったようだ」

「そうですか……ではルシア様にも影響はあまりないんですね？」

「……僕の心配をしているのか？」

驚いた様子の彼にエレインの方が吃驚《びっくり》した。

初めからルシアのことばかり気にかけているし、それ以外の人々は申し訳ないが後回しだ。自分にとって一番大事で優先したいのは、彼だけ。その順番はきっと揺らがない。

ごく当たり前にエレインはルシアのことばかりを案じていた。

「当然です。だって私は――」

口にしかけて、具体的な言葉を言い淀んだ。

自分はいったい何を告げるつもりだったのか。いざ声にしてしまうと取り返しがつかなくなる心地がし、エレインは視線をさまよわせた。

「私、は……」

「エレイン?」

「――馬車を停めて! お姉様がいたわ!」

突然聞き覚えのある声がして、エレインたちの脇を通り抜けた馬車が急停止した。

馬が嘶《いなな》き、車輪が軋む。いきなりのことに愕然としてそちらを見ずにいられない。

停まっていたのは、バルフォア侯爵家の紋章を掲げた馬車。エレインは一気に血の気が引くのを感じた。

――ケープを脱ぐべきではなかった……!

迂闊な自分を悔いてももう遅い。しかし尋常ではない様子だったルシアをそのままにしたくなかったのだ。微かに震えて見えた彼を、包んで温めてあげたかった。

そのせいで、まさかティティリアに見つかってしまうとは。

エレイン以上に貴族令嬢らしい妹は、平民に関心が薄いところがある。使用人に特別きつく当たることもないけれど、眼中にないような一面があるのだ。

それは貴族として特別珍しいことではないし、非道と誹《そし》られる冷淡さでもない。一般的な感覚だ。

だからこそ路上に佇むエレインが、妹の眼に留まることはないと思った。

やや先で停車した馬車の小窓が開き、中からティティリアが顔を覗かせる。彼女はまじまじとエレインを見て、大きな瞳を更に見開いた。

「本当に……お姉様？　そんな、まさか……」

妹は、相変わらず愛らしい容姿で可憐《かれん》そのものだった。

煌めく黄金の髪を豊かに巻き、宝石を縫い付けた帽子を被っている。長い睫毛にふっくらした頬、新鮮な果実めいた唇は艶やか。白い肌は滑らかで、欠片《かけら》も瑕疵《かし》がない。

特に印象的な双眸は、青みの勝った紫色。清廉な色と透明感だった。

姉であるエレインとは違い、両親に溺愛されていたティティリア。

純真無垢なのは、幼い頃から人前を出ることがほとんどなく、屋敷の奥で大事に育てられてきたからだろう。

世間知らずなところはあっても、その分無邪気で、誰をも魅了する笑顔の持ち主だった。

「──ど、どなたかとお間違えではありませんか？　私は……貴族のお嬢様と面識などございません」

エレインは咄嗟に顔を伏せ、上擦った声を絞り出した。

妹にとって、自分は死んだ人間だ。強く否定すれば、騙しきれる。喉に力を込めてわざと甲高い声を作った。

「世の中には、とてもよく似た外見の人間がいると聞いたことがあります」

「ちょっとお前、ティティリア様に許しもなく直接話しかけるなんて、どういうつもり？　平民如《ごと》きが無礼じゃないの！」

馬車の扉を開け、躍り出てきたのは妹の侍女だった。随分怒りの沸点が低い。それとも主に気に入られたいのか、媚《こ》びた眼差しをティティリアへ向けた。

「お嬢様、このような下々の者と口を利く必要はございませんわ。見たところ貧民ではないようですが、所詮身分の低い者たちでしょうし、エレイン様のはずがないではありませんか。あの方は、亡くなったのです」

じろりとこちらを値踏みして、侍女は鼻を鳴らした。己も貴族階級ではないのに、何やら自尊心が途轍もなく高い。

しかし諫《いさ》めるべき妹は黙ったまま。これから王妃になる者がそれではいけない。エレインはもやもやした気持ちを持て余した。

——ここまで侍女を増長させてしまうなんて……ティティリアが優し過ぎるのかしら。

寝込むことが多かった妹と、王太子妃を目指して勉強とレッスンに明け暮れていたエレインは、実のところあまり交流がなかった。

一緒に遊んだ記憶は数える程度。食事も別で、たまに彼女の体調がいい時話し相手を求められたくらいだ。

両親の関心は身体の弱いティティリアへ常に向いていて、エレインが放置されるのも仕方のないことだと思っていた。

病弱で苦しむ妹を妬んではいけないと、己に言い聞かせたのは一度や二度ではない。

健康な自分にできるのはせめて両親の期待に応え、手を煩わせないことだと——

乏しい思い出の中ティティリアはいつも健気で、エレインは彼女を可愛がっていたし、案じてもいた。

そんな妹が健康を手に入れ、こうして出歩けるまでになったことは、無条件で嬉しい。

色々気掛かりは残っていても、どうか幸せになってほしいと願う。

鼻の奥がツンと痛み、涙が滲《にじ》みそうになった。

「……そうよね、お姉様が生きているはずがないわ。一瞬、もう一度お会いできると期待してしまった……」

幼気《いたいけ》な声で呟いて、ティティリアが溜め息を吐いた。

妹の切なげな様子に、エレインの胸が締め付けられる。姉の死を悼んでいるのか、彼女はどこか遠くを眺めていた。

――私が突然消えて、急に自分が王太子妃に選ばれたら、気苦労や不安が絶えないわよね。侍女の教育にまで気が回らなくても、責められないわ。

これまで蝶《ちょう》よ花《はな》よと大事にされていたティティリアが、かつてエレインが受けていた教育の全てを短期間でこなさなくてはならないなら、相当に忙しく大変に決まっている。ろくに眠る時間もないのでは。

憐れみを感じてしまうのは、過去のエレインも追い詰められていたためだった。

当時は一瞬たりとも気を抜けず、次から次へと知識を詰め込み、評価を受け続ける毎日にすっかり疲弊していたのだ。

立ち止まることは勿論、失敗の許されない日々は緊張感に満ちていた。

――今、あの場所へ帰りたいとは、どうしても思えない。

しかし己の代わりに、全部の重責をティティリアに押し付けたことになると思い至り、エレインは罪悪感に苛まれた。

そんな自分に言える言葉はないが、許されるなら妹を手助けしたい。純粋で可哀相なティティリアを支えてあげられたら――

「……ふ、ふふっ、あの人ったら、結局何も知らずに溺れて死んでしまったんだものね？　本当に惨めで無価値な人生だわ」

鈴を転がす愛らしい声で、吐かれた毒は辛辣だった。

思わず顔を上げたエレインは、妹を見つめてしまう。

ティティリアは、綺麗な顔を歪めることもなく、にこやかに微笑んでいた。

「おかしいわよね。どんなに頑張っても全部無駄になって。そもそも分不相応な生活を与えられていたなんて、お姉様は考えたこともなかったでしょうね。知らないまま逝《い》かれたのは、せめてもの救いなのかしら？」

悪意のない物言いは、内容を耳にしていなければ楽しい噂話程度の軽さだった。

茶会で消費される無邪気な会話。特別嫌味のつもりもない。

ほんの一時お喋りを楽しむだけの、話のタネに過ぎなかった。

――この子は、誰……？

エレインの知っている妹の姿ではない。いや、そもそも自分はティティリアの為人《ひととなり》を熟知していると言えるのか。

約十七年間同じ屋敷で暮らしていたが、逆に言えばそれだけだ。

広い邸内で滅多に会わず、同じ屋根の下で寝起きしていたのみの希薄な関係性。

妹の好きな食べ物、好む色、音楽、香り、趣味。そういう諸々を聞いた覚えがない。ひたすら同情し、憐れんでいた。病弱で可哀相な妹という型に嵌め込んで。

――私、これまでティティリアの何を見ていたのだろう……

「あらあらお嬢様、そんなことをおっしゃるなんて、お優しいですね」

「うふふ。だってお姉様はご自分が養子なのを知らずに亡くなられたのよ？　病弱だった私の代わりにバルフォア侯爵家から王太子妃を出したいお父様が、どこぞから連れてきたのだもの」

――養子？

衝撃的な事実に、エレインの頭が真っ白になる。

幻聴だろうか。そうとしか思えない。

だからつまらない冗談だと、聞き流してしまえばいい。しかし頭ではそう思っていても、どうしてかエレインの耳はティティリアの声に集中していた。

この先を聞きたい。聞きたくない。せめぎ合う気持ちが拮抗している。身体は動かず、耳を塞げない。

傍らでは、ルシアが肩を抱いてくれている感触がした。けれど全てが遠い。

意識の全部が妹の発言に向けられていた。

「お姉様ったらお父様たちの願いを叶えれば愛してもらえると思っていたのか、必死に頑張っていらしたのに残念よね。お可哀相……だってお金をかけた道具が役に立つのは当たり前でしょう？　見返りを求める方が厚かましいわ。結果を出せなかったなら、捨てられておしまいだと思わない？」

ティティリアは憐れむ振りをしつつも、実際には嘲りが隠せていなかった。

エレインの人生を丸ごと嘲笑している。それは妹だけでなく、おそらく父も母も共に。

得られるはずのない愛情を欲するあまり、自分を犠牲にして努力し続けたエレインを馬鹿にしていた。その死を欠片も悲しむことなく。

「でもせっかく時間とお金をかけて最高の教育を施したのに、どぶに捨てたことになるお父様たちの方がお可哀相かしら？」

「ご両親を気遣うお嬢様は、天使でいらっしゃいますね」

楽しげに笑う妹は、邪気がまるでない。微塵も後ろめたさや悪意を持たず、いっそ清らかだった。

露ほどの親愛もエレインには抱いていなかったのが明白。ティティリアにとってエレインは、『姉』という便利な道具でしかなかった。

言わずもがなバルフォア侯爵家の両親にとっても。

——妹よりも厳しく育てられた自覚はあった……だけどそれは、長女である私に期待してくださっているのと、ティティリアが病弱だからだと……

強引にでも信じていたかった。ただ、それだけ。

ぐらりと地面が揺れる。いや、立っていられなくなったエレインの膝から力が抜けた結果、ルシアが支えてくれていた。

「他人の空似って、本当にあるのねぇ」

ひとしきり笑った後、こちらに興味を失ったティティリアはエレインに一瞥もくれない。馬車に戻った侍女に穢《けが》れない笑顔を見せ、「次の店で流行の靴を新調しましょう」と目を輝かせていた。

おそらくもはや、姉のことすら忘れている。

鞭《むち》を入れられた馬がひと鳴きし、馬車が動き出した。

残されたのはエレインとルシア。

彼の腕の中、何度も声をかけられたが、返事はできないまま俯いて震え続けた。

――嘘でしょう？　全部、夢……？

自分がバルフォア侯爵家の養子であること。両親は一族から王太子妃を出したかっただけで、愛情などあるはずもなく。妹は昔から全てを知っていた。その上で家族ごっこをし、エレインを裏で嘲笑《あざわら》っていたのか。

胸がむかむかして、頭が痛い。とても立っていられない。瞼が非常に重く感じられ、瞬きも億劫。呼吸自体が面倒で、何も考えたくなかった。

「……エレイン、帰ろう」

「でも、ハーブ店に……」

「後日でいい。いつでも連れてくる。だが今日は、部屋に戻って休もう」

実際、もう一歩も歩きたくないほど疲れ果てている。気力の全部が、根こそぎ失われた。

絶対的に安全な魔塔の部屋で、泥のように眠れたらどれだけいいか。

全て忘れ、なかったことにして。繭の中に籠ってしまいたい。たった今起こったことを消してしまえるまで。

抱えていた贈り物の箱を落としそうになり、慌てて持ち直した。むしろ持っているというより、縋《すが》っている。

何かに寄りかからないと正気を保てなかった。


安息の場所である一室は、季節も天気も無関係に居心地がいい。快適で、ホッとする。

窓からの景色が本物か幻影かは、エレインには分からない。しかしそれでよかった。

今は現実感そのものが苦痛でしかなく、刺激になるものは一つも欲しくなかった。

じっと微睡《まどろ》むだけでいい。

丸くなり、何も自分を傷つけるものがないと信じられる場所で、思考の全部を放棄したかった。

「……もっと強く抱きしめてください」

ベッドに横になり、エレインはルシアと向かい合って固く抱き合っていた。しがみついていると言っても、過言ではない。

僅かな隙間ができるのも怖くて、がむしゃらに彼の服を掴んでいる。

ルシアは静かにこちらの背中を撫でてくれた。

「貴女が望むなら、今日のことを忘れさせてあげるよ。万全の注意は払う」

記憶を弄るのは危険を伴うと彼が説明していた。それが、大切な思い出であればあるほど、影響が大きいと。

だとしたら大事ではなかったとしても強く記憶に刻まれた内容なら、どうなのだろうか。

それもまた消し去るには心身に何らかの負荷がかかる可能性が高い。更に言えば――

「……忘れても、事実は消えませんよね……？」

エレインがバルフォア侯爵家の道具として引き取られ、両親と妹から家族とは見做されていなかった事実に変化はない。

単純にエレインがそのことを知らなかった頃に戻るだけなら、意味がない気がした。

――この苦しくて堪らない辛さは和らぐ。けれど虚しさはそのまま。

愛されていないことに勘付きながら、自分を騙し慰めていた頃へ逆戻りして終わり。

それでは余計に己の惨めさが浮き彫りになる。忘れてめでたしとは、とても思えなかった。

「この件は私が乗り越えないと、何も解決しないことなのだと思います」

これまで直視しなかったくせに、説得力は全くない。それでも、立ち直るには自らの足で立たなくてはならないことは、分かっていた。

「……エレインは強いな」

「弱いから、ルシア様にこうして抱きしめてもらっているんですよ？」

彼ならば慰めてくれると甘えて。そんなエレインが強いわけがなかった。

「いや、貴女はとても頑張っているし偉い。僕はそれをちゃんと分かっている。死の淵《ふち》から還《かえ》ってきてくれたくらいだ」

額に口づけられて、労りが注がれる。

諸手《もろて》を挙げてエレインを認め受け入れてくれるルシアに、涙が溢れた。

「……これからも貴方の傍にいてもいいですか？」

「今更僕から離れられると思っている？　もう僕の魔力は貴女の中に溶け込んで、一心同体とも言えるのに」

それは何て素敵なことか。堪えていた涙が眦を伝い落ちた。

「ではずっと一緒ですね」

「ああ。エレインが窮屈だと感じるなら、別の場所で暮らしてもいい」

「別の？　魔術師が勝手に居住を変えて大丈夫なのですか？」

彼らは所在を明確にしなくてはならないはずだ。有事の際速やかに招集される国の財産である故に。

「僕は特別。誰にも制限はさせない。表立って対立するのが面倒だから、これまでは従っていただけだ。エレインが望むなら――貴女の安らげる居場所を作ってあげる」

「ありがとうございます。でもそれなら、もう見つかっています。ルシア様の傍が、私にとって安らげる居場所なんです」

無理なく微笑めたのは、彼が慰めてくれるから。もし今独りきりだったら、エレインは打ちのめされ立ち上がれなかった。

「あまり可愛いことを言わないでくれ。でないと不埒《ふらち》な気分になる」

いつになく顔を赤らめたルシアが視線を逸らす。照れる彼は珍しく、エレインは至近距離で見つめてしまう。するとルシアの耳までが紅潮し、彼は乱暴に息を吐いた。

「紳士でいさせてくれないか」

「ルシア様はいつも冷静で落ち着き払っていると思っていました」

動揺したり心を乱したりする姿が想像できない。

だが感情の機微を見せてくれるところを、嫌だと思わなかった。

むしろエレインが特別だと言ってもらえている錯覚がする。無防備な一面を晒されると、他人行儀ではない距離感に迎え入れられたのを感じた。

引き寄せられるままキスをして、舌を伸ばして搦《から》め合う。

見つめる眼差しは一瞬たりとも逸らさない。

互いの形を確かめる手つきで、背中や腕を弄った。

「今日は、傷ついているエレインを慰めたいだけなんだが」

「慰めてください。こうしているのが一番私にとって救いになります」

拙い誘惑を視線に乗せ、精一杯彼を誘う。他にどう言えばいいのか思いつかず、祈る心地でルシアの髪に指を遊ばせた。

「そんな風に言われて、嫌なわけがない」

欲した通りの口づけを贈られ、エレインはうっとりと目を閉じた。

魔力の供給のためではない抱擁が、心にしみる。ただ愛《いと》しさを根源にして、何度もキスを繰り返した。

「は……、ん」

舌を差し出し粘膜を擦り付ける動きをするのは、彼が教えてくれたこと。こうすると、あっという間に夢見心地になれる。同時に掌で触れる範囲を広げてゆけば、一層恍惚感に包まれた。

秘めやかな水音が室内に響く。合間に重なる衣擦れの音は、もどかしく服を脱ぎ捨てているから。一秒でも早く素肌に触れたくて、やや乱雑に下着まで放り出した。

「や、あ……っ」

既に硬くなり始めていた胸の頂を食まれ、エレインの背筋が戦慄く。

すっかり敏感に変えられた身体は、ルシアのくれる快楽を待ちわびていた。

「ひゃ……ッ」

乳房の先端をしゃぶられ、もう片方は指で捏ねられる。その刺激だけでも存分に気持ちいいが、圧倒的な愉悦を覚えた身には物足りない。

揃えていた膝が自然と緩み、踵が左右へ滑ったのは、意図したことではなかった。

「大胆になった」

意地悪く笑った彼が、前髪を搔き上げる。その妖艶さは尋常ではなく、ただでさえ激しくなっていたエレインの鼓動が、一際大きく脈打った。

触ってほしい。恥ずかしくて口にはできない願望が渦巻く。

羞恥心も倫理観も並外れて強いと自分では思っていたが、ルシアに関してはどちらも緩くなるのは否定できなかった。

見栄《みえ》や自尊心を擲《なげう》ってでも、彼を求めてやまない。何を犠牲にしてでも手に入れたいと願ってしまう。こんなにも強く凶悪な願望が、自分の中にあるなんて知らなかった。

猛々《たけだけ》しい欲望が、ルシアを欲しいと叫んでいる。その声に抗えず、抗う気もなく、エレインはより太腿から力を抜いた。

今や、秘めるべき場所に空気の流れを感じる。彼の視線が濡れた秘裂へ注がれていることも分かり、興奮が膨らんだ。

「淫らな私はいけませんか」

「とんでもない。僕以外に見せたら許せないが、とても魅力的だ」

執着心が滲む台詞に眩暈がした。ルシアにとって自分が女として特別だと自惚《うぬぼ》れるつもりはない。愛玩動物か研究材料、そういうものでも構わなかった。ただ傍に置いてもらえれば充分。行き場のない己に安心できる場所を与えてくれた彼を、エレインは愛している。

見返りは求めない。どんな形でも傍にいたいだけ。

――だって、家族だと信じていた人たちから捨てられた私を、ルシア様が特別に愛してくれるとは思えない。

そんな後ろ向きな心からは目を背け、エレインは自らの下腹に手を這わせた。

「ここに、ルシア様をください」

冷静ならとても口にできない言葉と態度で、彼を誘う。腹の奥がきゅんと疼き、まだ触れていない花弁が潤むのを感じた。

淫ら過ぎる有様に一層昂るのだから、自分でも呆れてしまう。考えもしなかっただけで、エレインは案外淫蕩な面があるのかもしれないと思った。

――でも、ルシア様だけ……他の人にこんな欲望を抱いたことはない。

熱く滾った呼気は、濡れている。喉奥がか細い音を立て、卑猥な喘ぎ同然だった。

「極上の口説き文句だ」

口の端を吊り上げた彼が、覆い被さってくる。肌はしっとり汗ばんで、余裕のなさが窺えた。乱れた呼吸音がいやらしい。ぎらついた翠の双眸に射抜かれると、こちらもゾクゾクと震えが止まなくなる。体内から溢れる愛蜜の量が増え、もはやエレインの下肢はびしょ濡れだった。

すっかり勃ち上がった剛直の先端で蜜口を捏ねられ、ますます官能が高まる。

急《せ》く思いが勝手にエレインの腰を浮き上がらせ、ふしだらなことこの上ない。

一刻も早くルシアを迎え入れたくて、涎を垂らした陰唇がヒクついた。

「ん……焦らさないでください……っ」

にちにちと淫音を立てながらも、なかなか肉槍は内側へ入ってきてくれない。爛れた蜜襞を掻き毟《むし》ってほしいのに、いつまでも入り口を擦るだけ。

欲求が満たされず、エレインの飢えが際限なく育つ。辛抱できなくなって、無意識に恨めしい視線を彼へ向けた。

「ど、して」

「可愛いから、虐めたくなる」

意地の悪い表情にときめいてしまう自分は、救いようがない。淫窟が何も食むことなく収斂《しゅうれん》し、切ない愉悦が全身を犯す。

蜜洞を埋めてほしい気持ちが堪えられなくなり、エレインは自らの指で媚肉を開いた。

「ルシア様……っ」

クラクラして、何も考えられない。

後で冷静さを取り戻せば、きっと後悔にのたうつだろう。けれど今は治まらない欲望に振り回されたかった。淫らに振る舞ってこそ、悲しみや煩わしいことを忘れられる。

そんな気がして、今夜はルシアだけを全身全霊で感じ、他の全部を追い出したかった。

彼がゴクリと喉を鳴らし、苛烈な視線を注がれる。見られている場所が焼け焦げてしまいそう。熱くて疼く。熟れて綻んだ蜜口から、溢れた淫水がエレインの太腿を濡らした。

「こんなに煽られたら、途中でやめてはあげられない」

「やめないで……っ」

理性が壊れるくらい、めちゃくちゃに抱いてほしい。いっそ食らい尽くされたい。

何もかも忘れ、最後に残るのが愛しい男の名残であれば、言うことはなかった。

「その言葉、後悔しないでくれ」

「あ……っ!」

押し当てられた楔が、一息に淫路を突き進む。入り口付近は解されていても、まだ内側には何もされていなかった。だが痛みも苦しさもまるでない。

感じたのは、圧倒的な快感だけ。

一気に内壁を抉《こ》じ開《あ》けられて、エレインはたちまち愉悦の海へ投げ出された。

「んぁああ……っ」

串刺しにされ、蜜窟が蠕動している。衝撃に困惑しつつもすぐに柔らかく肉杭を舐めしゃぶった。

エレインの全身がもうルシアの形を完全に覚えている。彼の大きさに馴染み、次にもたらされるだろう喜悦を期待し、自ら蠢いてさえいた。

「……っ、エレインの中は温かくて気持ちがいい」

「ぁ、あ……っ、んッ……」

話す振動が響き、得も言われぬ官能を呼ぶ。涙で歪む視界は瞬きをしても完全に晴れることはない。けれど嫣然《えんぜん》と笑うルシアの表情は、鮮明に捉えられた。

その顔を目にすると、余計にエレインの感度が高まる。もっと彼を感じたくて、彼にも気持ちよくなってもらいたくて、エレインはたどたどしく身をくねらせた。

「は……ッ、いつの間にそんなことを覚えたんだ?」

「ルシア様に悦んでもらいたくて……っ」

淫乱だと呆れられてしまうだろうか。でもやめたくない。貪欲さは、あらゆる不安や心細さの裏返しでもあった。

「可愛い。貴女はとても魅力的だ」

陶然とした呟きに勇気を得、エレインはもっと大胆に腰を動かした。

結合部から粘着質な水音が鳴る。蜜筒が擦れる度に声が出る。快楽で頭を塗り潰し、彼を感じ取ることに集中した。

「ふ……じゃあエレインが動きやすいよう、こういう体勢はどうだ？」

「え？　……きゃっ」

ぐるりと視界が回り、気づけばエレインは仰向けになったルシアを跨《また》いだ状態で乗り上げていた。局部は繋がったまま。

上下が逆になったことで、こちらが彼を見下ろすことになる。そして自重で、屹立《きつりつ》の先端がグッと奥へ突き刺さった。

「ひぁッ」

容赦なく抉《えぐ》られて、四肢がブルブル震える。身体を浮かして逃げようにも、腰が抜けてしまったのか動けない。

しかも彼が下から突き上げてきて、強過ぎる逸楽に情けない声を漏らすことしかできなかった。

「や……駄目、無理……っ」

「エレインの中は、蕩けて僕を歓迎してくれている」

「ま、待って動かないで……ひぅっ」

閃光が爆ぜ、口の端からは唾液が伝った。まともに喋ることも難しい。

それよりも倒れ込まないため自分の体勢を維持するのが精一杯。他には意識を飛ばさぬようにするのが、今エレインにできる全てだった。

「ぁ……アッ、ぁあああッ」

跳ね上げられたエレインの肢体が、重力に従って落ちる。それに合わせて鋭く突かれ、最奥を貫かれた。

爛れた濡れ襞を擦られ、前後にも動かれれば、ルシアの繁《しげ》みに花芯が摩擦される。すっかり膨れ慎《つつ》ましさをなくした肉粒は、快楽を貪るのみの器官に成り果てた。

「やぁああ……壊れ、ちゃ……ぁ、あんッ、ぁ、あああ……っ」

「エレインも腰を振っているのを、気づいていない?」

敢《あ》えてゆったりとした動きに変えられ、エレインは愉悦を追うために自分も淫猥《いんわい》に揺れていることを自覚した。

とても恥ずかしい。だがその居た堪れなさが、新しい火種になる。

一層官能が高まって、腰をくねらせることを止められなかった。

「堪らないな……っ」

何度も打擲《ちょうちゃく》を繰り返されるうち、本当に何も分からなくなってくる。

喘ぐだけになったエレインの口は、だらしなく開きっぱなし。彼にその様を観察されていると知り、絶頂は呆気《あっけ》なく訪れた。

「あ……ァあああっ」

全身が引き絞られる。何度も痙攣し、体内に熱い迸《ほとばし》りが吐き出された。

その飛沫《しぶき》の感触にも快楽を覚え、更なる高みへ連れてゆかれる。

エレインが絶頂から下りてこられないうちに、再びルシアが動き出した。

「ま、待って……まだ――」

「何もかも分からなくなるまで、交わろうか」

それはまさにエレインが望んだこと。

だがあまりにも強い法悦を与えられ、身体は早くも休息を求めていた。

全身が疲労感で重く、まともに動けない。にも拘らず女の部分は美味しそうに彼の昂ぶりを味わっていた。

「何時間でも、何日でも」

危険な誘惑に背筋が震える。本気でそんな爛《ただ》れた真似をすれば、こちらの身体がおかしくなってしまう。

けれど『嫌だ』の一言は出てこない。首を振るだけでもルシアに意図は伝わるだろうが、それさえする気になれなかった。

本音ではエレインも望んでいるから。欲望に塗れてどこまでも自堕落に――二人絡まり合ってこのまま眠ってしまいたい。

世界の関わり全部を断ち切って、隔絶された繭の中、淫靡な夢に微睡みたかった。

第四章　思い出

苛立ちを呑み込むために、ルシアは敢えて冷静に振る舞った。しかし実際は、あれはとんでもなく醜悪な女だと嫌悪感に塗れている。

エレインとは似ても似つかない妹のティティリアは、罪悪感など欠片も持たず、他者を傷つけている自覚もない。

ある意味では自分に正直。そして皮肉なほど無知故の残酷さだった。

生来病弱で、世間との関わりが乏しく社交性が育たなかったせいなのか。それとも生まれつきの人格なのかは分からない。

どちらにしてもルシアは、ティティリアの果実めいた唇から漂う腐臭に、吐き気を催した。

純粋培養された邪悪だ。けれど本人も周りの人間も、あの女の本質的な歪みには気づいていない。見てくれ通り中身も綺麗だと信じているのなら、目が曇っているとしか思えなかった。

残念ながら、エレインもその内の一人なのだが。

――やはりバルフォア侯爵家からエレインを引き離して正解だった。

あんな魔窟に彼女を置いてはおけない。

ティティリアを育てた両親も、ろくなものではないに決まっていた。それどころか――

――『真実』はエレインに残忍すぎる。

絶対に彼女の耳に入れるわけにはいかない。何としても隠し通し、永遠に闇へ葬るつもりだ。

この世には知らない方がいい事実などいくらでもある。

優しい偽りの繭でエレインを守れるなら、ルシアは虚構の世界をつくることに一片の躊躇《ためら》いもない。

だから――先日王都で偶然ティティリアと出会ってしまったのは、ルシアの明らかな失敗だった。よもや王太子妃に選ばれた娘がのこのこ出歩いているはずがないと油断し、警戒を怠っていたのは言い訳できない失態だ。

事前に情報を掴んでいたら、決してあの道を選ばなかったものを。

――悔やんでも悔やみきれない。だが考えるべきはこれからどうするかだ。

幸いにもあの娘は、エレインを姉本人だと思わず、他人の空似で納得したらしい。

生存の可能性が著《いちじる》しく低い人間が生きているとは信じられなかったのか、関わりが薄い姉の顔をよく覚えていなかったのか。理由は不明なものの、騒ぎ立てられなかったのは、ルシアにとって僥倖《ぎょうこう》だった。

もしこれがバルフォア侯爵の耳に入れば、厄介なことになる。

おきたい。

その前に手は打っておくつもりでも、エレインに火の粉が降りかかる可能性は完全に潰して

長い時を経てやっと手に入れた宝物を、もう二度と誰にも傷つけさせやしない。

――いっそあの娘の記憶を弄《いじ》ってしまおうか。だがバルフォア侯爵に雇われている魔術師に痕跡を見つけられても面倒だ。下手に手出しした方が余計な関心を引きかねない。

万が一ルシアから彼女を奪おうと目論《もくろ》む者がいれば――この世のあらゆる苦痛を味わわせても足りなかった。いっそ全てを破壊し尽くして、焦土に変えてしまいたい。

――でもそれは駄目だ。

ルシアにとって価値がないどうでもいいものであっても、エレインが心を傾けているなら無下にはできない。

彼女を悲しませたくないから、不本意でもグッと堪えた。

ひとまずティティリアとエレインが金輪際顔を合わせないよう気を配らなくては。これまで以上に彼女を守る厳重な城壁を張り巡らせるつもりで、ルシアは暗闇を見つめた。

◇◇◇◇◇

目がパンパンである。

昨日散々泣き過ぎて、恐ろしいほど浮腫《むく》んでしまった。未だに熱も持っている。

エレインはルシアが用意してくれた氷嚢《ひょうのう》を瞼《まぶた》に当て、自己嫌悪の溜め息を吐いた。

——泣いて慰めてもらって、翌朝起きられないくらい体調が悪いなんて、まるで手がかかる子どもじゃないの。

実際の幼少期ですら使用人にも面倒をかけないよう己を律していたエレインが、何というていたらく。

恥ずかしさと申し訳なさで、部屋中を転げまわりたい。

しかし現実は『今日一日、大人しく横になっているように』と彼から厳命され、エレインはベッドの住人になっていた。

——ああ……情けない……いくら精神的な打撃が大きかったとしても、私はいつまでうじうじと悩んでいるの……！

一晩経《た》ったのなら、気持ちを切り替え前を向くべきだ。

真実を知って打ちのめされていたところで、何も解決しないのだから。

そう、頭では分かっている。立ち止まり蹲《うずく》っても、エレインにとって都合がいい逃げ道なんてどこにもない。結局は自力で進まなくては未来がないのだ。

けれどルシアの元に身を寄せてから、守られ頼ることを知ってしまった。

この心地のよさは、尋常ではない。禁断の果実同然で、一度味わえば中毒になる。

甘えても許されるということが、こんなにも安寧をもたらしてくれるのを、エレインは人生で初めて味わっていた。

——情けない姿を見せて、ルシア様に呆れられていないかしら？

本日彼は外せない話し合いがあると言って、出かけていった。

こういう会議は定期的に行われているそうだが、普通は遠隔で映像と声のやり取りをするらしい。

同じ場所に集合せずとも複数人で意見を交わせるとは、魔術の便利さに舌を巻く。

だが、距離や鮮明さなどが術者の能力によるところが大きく、また盗み聞きされる危険も増すとかで、場合によっては直接顔を合わせる方が安全かつ正確ということもあるのだとか。

——今日は、他人に聞かれては困る重要な内容なのね。

ルシアは出かけるギリギリまで『面倒だ』とぼやいていたが、欠席するつもりは端からない様子だった。

久しぶりに見た彼のローブ姿と顔を隠す布に、ほんのりときめいてしまったのはエレイン自身不思議だ。

ほぼルシアの素顔も身体つきも見えないにも拘《かかわ》らず、魅力を感じるとはどうかしている。

——私があの方を好き過ぎるのね。もう全てが素敵に感じてしまうんだわ。

まるで病。頭も肉体も侵されている。

僅かな時間一人にされる寂しさと、どんな格好でも惹《ひ》かれずにいられないままならなさ。両方を持て余し、エレインは閉じた瞼の下で瞳をさまよわせた。

——両親やティティリアは、今頃何をしているのかしら……

ぼんやりと詮無いことを考える。

以前は、自由を満喫しつつ心の奥底では、エレインの不在を家族が悲しんでくれていると期待していた。

咽《むせ》び泣くほどではなかったとしても、少しくらい涙を流してくれたのではないかと。短い時間、自分のことを偲《しの》んでくれるだけでもよかった。

——だけどティティリアの様子では、ちっとも気にかけていないのね……

シクシクと胸が痛い。

エレインだけが知らなかった真実の中、あの家で自分は道具に過ぎなかった。王太子妃になれなければ、いらないもの。まして実の娘のティティリアが無事その地位に就《つ》いたのなら、ますます偽物は用済みである。

——お父様たちからしたら、ようやく私が役立つ時が来たのに、姿を消すなんてさぞや腹立たしかったでしょう。

エレインの身を案じるよりも、怒りの感情が爆発した可能性が高かった。

想像すると、足元が崩れてゆく錯覚に陥る。信じていたものは全部砂上の楼閣でしかなかった。

――時間とお金をかけて養育してくださったのに、申し訳ありません。お父様、お母様。だが育ててもらった恩はある。故に憎みきれない。無関係だと切り離して考えることも。

――早く気持ちの整理をつけなくちゃ。もうすぐティティリアとジュリウス様が結ばれるのに、祝福できない自分ではいたくない。……ルシア様に薄情だと失望されたくないもの。

これ以上自分が彼に依存してゆくのも怖いが、拠《よ》り所《どころ》をなくした今は余計にルシアの傍にいたくて堪《たま》らなくなっていた。不安定になっている今、一人にされ心細さは増すばかり。

このままではいけない。どんどん後ろ向きになるだけだ。

どんな結末に向かうにしろ、己の脚で立てない者はどこかで必ず行き詰まる。

エレインは気合いを入れ直すつもりで、腹に力を込め「目指せ自立！」と叫んだ。

「あああ、いけません。駄目です。お勧めしませんよぉ、断固反対です」

「ひぇッ」

独り言に返事をされ、エレインは文字通り飛び上がって驚いた。しかもこれまで耳にしたことのない女性の声。

慌てふためいたエレインは、ベッドで寝そべっていた体勢から一気に立ち上がり室内を見回す。すると部屋の隅に濃紺のローブを纏《まと》った小柄な若い女性が佇《たたず》んでいるではないか。

「誰っ⁉」

顔見知りではない。そもそもこの部屋は他人が自由に出入りできない仕様だ。しかもルシアの不在時に現れた人間を、警戒しないなんてあり得なかった。

「ぁ、あ、不審者じゃないです。安心してください」

「……大抵の不審者は自ら『怪しい者です』と名乗らないわ」

女性の格好は、ルシアのものとよく似ている。魔術師であるのは一目瞭然だった。ただしフードは被っておらず、顔を隠す布も身につけていない。

そのため、彼女が案外あどけない容姿でそばかすが目立つのが見て取れる。肩に届かない長さの髪は赤く、大胆な癖毛だった。

「確かに」

エレインの言葉に納得したのか、妙に瞠目《どうもく》した女性が頷いた。「はっはぁ」「言われてみれば」などと呟き感心しているようにすら思える。

その様子は素直さが滲《にじ》み悪意が感じられず、エレインは毒気を抜かれた。

——何？　私に危害を加えるために侵入したのではなさそうだけど……

油断はできない。

エレインは慎重に距離を保ったまま、いざとなれば氷の溶けきっていない氷嚢を投げつけるつもりで握り直した。

「あわ……本当に不審者じゃないですよぉ。私だって命が惜しいです。魔塔主様の宝物《たからもの》へ勝手に接触したりしませんって。魔塔主様直々に命じられたので、来たんです」

「え……ルシア様に？」

「はいぃ……魔塔主様はまだ戻れないので、様子を見て来いと」

疑ってすっかりやる気になっていたエレインは、投擲《とうてき》体勢になっていた腕を下ろした。少なくとも敵ではなさそうだ。

それにあのルシアがみすみす侵入者を許すとは思えなかった。

――この部屋で異変があれば、すぐさま駆け付けるくらいはしそうだわ。だったらこの女性は信用しても、大丈夫？

こちらが警戒を緩めたのが伝わったのか、彼女の方も肩から力を抜いた。

「魔塔主様の伴侶を怒らせたなんて知られたら、私は殺されてしまいますぅ」

「は、伴侶っ？」

とんでもない単語が聞こえ、エレインは愕然《がくぜん》とした。

何かどえらい勘違いがあるようだ。けれど否定する間もなく、女性はニコニコしながら手にした荷物を差し出した。

「食事を届けるよう命じられました。自動人形が作れる料理は種類が少ないので、飽きただろうと魔塔主様がおっしゃって。伴侶様のお口に合えばいいのですが」

「ま、待って」

「ひょっとして辛《から》いものは苦手でしたか？　あわ……でしたらすぐに別のものを――」

「いいえ、好きだけど、そんなことより！」

伴侶とは、エレインの考える以外の意味があっただろうか。

言葉は時代と共に変化する。流行り廃りもある。どこかで意味が逆転することも。

だから自分が知らないだけで、別の解釈があっても不思議ではなかった。

「伴侶って、いったい……」

「魔塔主様の交尾相手ですよね？」

「こうび……っ」

「伴侶様がこんなお綺麗な方とは思いませんでした。だってあの魔塔主様と番《つが》おうとするなんて、正気の沙汰ではありませんよぉ。怖いじゃないですか。私、あの方のお相手が務まるのは、野生の魔獣くらいだと思っていました」

彼女の言う伴侶とは、どうやらエレインの思い描く意味と大差ないようだが、それにしても答えが突き抜け過ぎている。一瞬、意識が途切れたのも仕方あるまい。

だが失言した認識は皆無なのか、女性は「辛いものの後には甘いものですよねぇ」と別の袋から菓子を取り出し、テーブルに並べだした。

「私のお勧めですぅ。美味しかったら、是非魔塔主様に『いい働きだった』と伝えてくださいね。うぇへへへ。あ、私の名前はキロと言います。伴侶様のお名前をお伺いしてもいいですか?」

邂逅《かいこう》してまだ五分も経っていないが、彼女が変わっているのは察せられた。たぶん――いやかなりの変人だ。しかし同時に、裏表のない人柄も垣間見えた。

――普通じゃない……けど、信用しても大丈夫かも?

何せルシアがお使いを頼むくらいだ。危険人物であれば彼の私室に出入りさせるはずがない。エレインと接触させても問題ないと判断したと考えると――奇人であってもそれなりの実力があり、信頼を得ている証明ではないか。

「わ、私は……エレインといいます」

「エレイン様ですね、了解です。うぇへへへ。これからも魔塔主様をよろしくお願いしますねぇ。あの方、エレイン様を監禁するようになってから、めちゃくちゃ機嫌がいいんですよ。絶対逃げないでくださいい」

――私、監禁されていると思われているの?

訂正するべきか悩む。さりとて、自らの意思でこの部屋を出られないなら、あながち間違いとも言い切れなかった。

「エレイン様が逃亡したら、魔塔主様ぶっ壊れますよ。この国どころか周辺諸国も地図から消えると思いますぅ」

「は、ははは……面白い冗談ね」

「うぇへへへ」

やや気味の悪い笑い方はキロの癖らしい。よく見れば可愛い顔立ちなのに、全てを台無しにしていた。

「本気ですけど」

スンと真顔になったかと思えば、彼女は再びニヤァと笑った。

「ということなんでぇ、自立とか考えるのもやめてくださいねぇ。魔塔主様に暴れられたら、私なんてどこに逃げても殺されちゃいます」

どぎつめの冗談だ。そうとしか思えないのに、エレインの口元が引き攣《つ》った。

「長居すると怒られそうなので、私はぼちぼち帰りますねぇ」

「え、もうっ？」

様子がおかしい来訪者だが、キロとのやり取りはエレインにとってルシア以外との久しぶりの交流だった。

昨日ティティリアとその侍女とは喋《しゃべ》ったが、あれは楽しい会話とは程遠い。むしろ心痛を覚える重圧でしかなかった。それと比べると、不思議だらけのキロとの時間は、面白い。少なくとも飽きないし、興味がある。

短時間共にいて沈んでいた気持ちがだいぶ紛《まぎ》れた。あれこれ悩むことが馬鹿らしくもなる。

同年代の女性とあまり気楽に付き合ったことがないのもあり、エレインは彼女を引き留めたくなっていた。

「キロは昼食を済ませたの？　まだなら一緒に食べない？　こんなに沢山あるんだもの、二人でもお腹《なか》いっぱいになるわ」

「えっ、いいんですか」

涎《よだれ》を垂らさんばかりの勢いで、彼女が瞳を輝かせた。途端にキロの腹から『グゥ』と切ない音が鳴る。

二人目が合って、思わず破顔した。

「ふ、ふふふッ、是非一緒に食事しましょう」

「実はものすっごく腹ペコだったんですぅ。魔塔主様に急《せ》かされて昼ご飯を食べる時間はないし、私の大好物を持参しましたし。エレイン様はお優しいですねぇ……魔塔主様にはもったいない」

彼女にとってルシアはどんな存在なのか、想像すると笑ってしまう。

とにかく上司として非常に恐れられているのは確実だろう。いつも部下に無理難題を押し付けているところまで妄想し、エレインはクスクス笑った。

「ルシア様は普段怖いの？」

「怖いなんてもんじゃないですよ。あれは化け物ですね。北の氷山に伝承の怪物がいるのをエレイン様はご存じですか？　あらゆるものを凍らせて、自分以外の命を食べるとか。雪と氷を支配しているそうです。きっと魔塔主様とそっくりですよぉ」

言いたい放題である。

だがざっくばらんなキロの物言いが、エレインには心地よかった。

気を遣わずに済む。言葉の裏を探る必要もない。

ただ単純に会話を楽しみ、想定外の発言をする彼女に笑い転げた。

キロお勧めの辛い料理と甘い菓子を存分に味わい、茶を飲んで食後も盛り上がる。何時間経ったかも分からない。

ひとしきり彼女がルシアの不満を漏らし、エレインは自分の知らない彼の一面を教えてもらい、充実した時間を享受した。

「キロはいつ魔術師になったの？」

「七つの時です。その頃力が発現して。村では私変な子扱いだったんで、何かホッとしたんですよねぇ。別に普通じゃなくてもいいんだって。だって魔術師なんて奇人変人の坩堝《るつぼ》ですから」

「そ、そう。居場所が見つかってよかったわね」

魔術師の中でも彼女は相当変わっている気もしたが、本人がご満悦なら余計な口は挟むまい。

エレインはにこやかに相槌《あいづち》を打ち、話の先を促した。

「幼い年で皆集められるのね」

「いいえぇ、普通は才能を認められても十三歳までは親元で暮らしますよ。魔術師に子育てなんてできませんし。社会不適合者の集まりですもん。よっぽど本人が望んだか、親がいないなら話は違いますが。十にもならず魔塔に入ったのは、近年だと私と魔塔主様くらいじゃないですかぁ？」

のんびりとした話し方とは裏腹に、随分重要な情報が混じっていた。

ひゅ、とエレインの喉が掠《かす》れた音を立てる。

つまりルシアは、自ら家族と離れて魔術師になる道を選んだか、そもそも親がいないということだ。

——私が勝手に聞いていい話ではないかもしれない。

「……ルシア様は、どういった経緯で……」

しかし知りたい欲に抗《あらが》えなかった。今を逃せば、二度と機会が巡ってこない気がする。彼について深く理解したい気持ちが、エレインの罪悪感を凌駕した。

「ああ、それは誰も知らないですぅ。私が魔塔に入った時には既に次の魔塔主になると目されていましたよぉ。あ、当時は先代のお爺《じい》さんが長だったんですけどね。その方が幼いルシア様を連れてきたってことだけ耳にしました。何でも、随分傷だらけで瀕死《ひんし》の状態だったそうです。いったい何があったんでしょうねぇ」

先代の魔塔主はとうにその座を退き、亡くなっている。

だからこれ以上詳しい話を探るのは、難しい。

仮に他の魔術師に聞いたとしても、キロのように饒舌《じょうぜつ》に話してくれるとは思えなかった。

——同じ魔術師であり、信頼されている彼女も知らないのであれば、きっと他の人たちも同等かそれ以下だわ。ルシア様が秘密を望んでいるということ？　それならあの人に逆らって、ペラペラ話す魔術師なんているわけがない。

彼に語る気がないなら、エレインにこれ以上聞き出す権利はなかった。何らかの事情があるのだろうと呑み込み、茶で喉を潤す。

ルシアの過去を知りたいあまり、かなり喉が渇いていた。

「私、こんなに楽しくお喋りできたのは、初めてですぅ。エレイン様、また会いに来てもいいですか？　勿論魔塔主様に叱られないよう、事前に許可は得ますので！」

「ええ。私も待っているわ。その時はまた色んな話を聞かせてちょうだい」

昔の彼についてが難しいなら、今のことでもいい。

そんな気持ちを込め、エレインはキロに微笑《ほほえ》んだ。

「うぇへへへ。同年代の友達ができたのは、初めてです」

「友達……」

エレインにも初めてだ。声にしてみると、急に高揚感が増した。

——これが、友達。

じわじわと喜びが胸に広がる。損得勘定や親の都合に左右される『貴族の繋《つな》がり』とは全く違う。打算もない。仲良くしたいからこその関係を結べたことで、エレインは歓喜に震えた。

——生まれて初めての私の友達。何て素敵な響き。——……あら？　だけど昔もう一人いたような……？

記憶の底に何かがある。静かだった水面が波紋を広げた。

「エレイン様ぁ？」

だが追憶を辿《たど》ろうとした瞬間、キロがこちらの顔を覗《のぞ》き込《こ》んできた。しかも愛嬌《あいきょう》のある表情で「最後の一個を食べてもいいですかぁ？」と焼き菓子を指さされ、掴みかけていた何かは跡形もなく霧散する。

揺らいだ水面は、さざ波一つ立たない静けさに戻っていた。

「あ、どうぞ」

「ありがとうございます。本当に魔塔主様にはもったいない慈悲深いお方ですぅ」

「——お前、随分と伸び伸び楽しんでいるじゃないか」

「そりゃあもう！　おっかない魔塔主様がいないだけでも幸せなのに、優しく綺麗な伴侶様とお喋りできて、最高です！　……——って、あれ？」

元気いっぱいに答えたキロは、ものの見事に機能停止した。

ギギギと音がしそうなぎこちなさで後ろを振り向く。そこにはローブ姿のルシアが仁王立ちしていた。

「ままま魔塔主様、いつお帰りにっ？」

「お前が最後の菓子を、涎をボタボタ垂らしながら眺めている時からだ」

「ちょっとしか垂らしていませんよ！」

「ルシア様、お帰りなさいませ」

今にも激しく言い争いかねない二人を、エレインは慌てて阻んだ。

彼に機嫌を損ねてほしくないし、せっかくできたばかりの友達が怒られるところも見たくない。

どうにか穏便にやり過ごそうとして、エレインはルシアの元へ駆け寄った。

「遅くなるとキロから聞きました。彼女は暇を持て余していた私に付き合ってくれていたのです」

「煩《うるさ》く邪魔をしていたのではなく？」

「とんでもない。楽しく喋っていたので、寂しさも紛らわされました。ルシア様もそれを期待してキロを遣わせてくださったのではありませんか？」

ただ食事を手配するだけなら、自動人形や他の人間に任せてもよかったし、ルシア自身が魔術で届けることもできたはずだ。

それをせず敢えてキロに命じたなら、彼女の明るさといい意味での傍若無人さがエレインの気分転換になると踏んだからに違いない。

そして計算通りの結果になったと言えた。

昨日ティティリアとのことで沈んでいた気分は、今や完全に持ち直している。元気を取り戻したエレインは、自然に微笑むことができた。

「キロと話していると、楽しくて時間を忘れてしまいました。ルシア様が許してくださるなら、また彼女に会いたいです。私たち、友達になったんですよ」

「……友達……それはよかった。許すも何も、エレインが望むなら僕が邪魔するつもりはない。ただしキロ、彼女におかしなことを吹き込んだら、ただでは済まないと思え」

後半を縮こまっている部下に厳しい声で告げ、彼はエレインの肩を抱いてきた。

人目のある場所で親密な触れられ方をして、やや慌てる。しかし全く気にした様子のないキロは、「承知いたしましたぁ！」と大袈裟に頭を下げた。

「お任せください、私は結構役に立つ人材なんですよぅ」

「エレイン、キロは言動がおかしいことが多々あるが、最低限の常識や良識は持ち合わせている。何よりも魔術師の中では善良だ。それにああ見えて、まぁまぁの力を持っている」

「褒めています？　貶《けな》しています？」

口を尖《とが》らせた彼女はじっとりとした目でルシアを睨《にら》んでいた。けれど彼は気に留めず、エレインのみを見つめてくる。

おかしな三角関係じみた構図が、居心地悪い。エレインは視線でキロに謝罪したが、彼女は舌を出して片目を瞑《つぶ》るというよく分からない反応を返してきた。

——それは……どういう感情？　怒ってはいないみたいだけど、謎だらけだわ。

「じゃあ私はぼちぼち帰りますねぇ。お二人の邪魔になりたくないですし」

「ああ、早く帰れ」

「次の報酬は期待していますぅ」

明るく言ったキロが詠唱を始める。すると彼女の足元が白く輝き始めた。

「——エレインが会いたがった時には自由にここへ来られるよう、術式を組み直しておく」

「是非お願いします。流石《さすが》に私も毎回複雑な移動陣を描いて長ったらしい詠唱をして、大量の魔力を消費するのは怠《だる》いのでぇ。——それじゃエレイン様、またお会いしましょうねぇ」

手を振るキロに、エレインも笑顔で手を振った。光が柱状に天井へ伸びてゆき、中央に立つ彼女を完全に飲み込む。

プツンと光が弾けると、そこにはもう誰もいなくなっていた。

床にも名残は何もない。初めからこの部屋にいたのはエレインとルシアの二人だけだったよう。

彼が突然現れるのを何度か目撃してきたが、やはり人が消えるのは不思議な現象だとつくづく思った。

「キロは面白い方ですね」

「だいぶ変わり者だ。だが人を貶《おとし》めたり傷つけてやろうとしたりする性格ではない」

「はい。これまで出会ったことのない部類の人ですが、とても愉快な女性でした」

「あまりにも突拍子のないことをしでかしたら、僕に報告してくれ」

ルシアにもキロは制御不能な部分があるのかと思うと、笑いが込み上げてくる。変人だらけと揶揄《やゆ》される魔術師たちだが、俄然《がぜん》他の者にも興味が湧いた。

「いつか別のお仲間の方々にも会わせていただけますか？」

「魔術師に？　仕事の依頼でもなければ、やめておいた方が安全だと思う。彼らはエレインが付き合ってきた貴族とは違う。考え方の相違に疲れるだけだ。面倒な誇りや拘《こだわ》りを抱えている奴《やつ》も珍しくない。しかも力の強い者ほど機嫌を損ねると、本当に鬱陶しいぞ」

ひどい言われようだ。しかし思い返してみたら、キロも自分のことは棚上げし同僚らを『社会不適合者』と称していた。

――仲間内から悪《あ》し様《ざま》に言われる集団って、逆に興味が尽きないわ。

さぞや強烈で、個性的な人物の集まりだと推測される。貴族とは違う厄介さがあると言われると、より『どんなものかな？』と気になるのは仕方あるまい。

エレインは止まらなくなった笑いを噛み殺し、目尻に涙を浮かべた。

「楽しそうです」

「エレインは変わっているな……僕ですら放り出したくなる時があるのに」

「せっかく自由になったのですもの。色々な人と関わって、あちこち見て、体験してみたいです。もう……手に入らないものにしがみついて、いつまでも欲しがる子どもでいたくありません」

家族のことを脳裏に描き、決別を決意する。

僅かに残っていた彼らへの未練を手放し、これからは本当に自らの足で歩いていきたいと願った。

「……そう。だが泣きたくなったらいつでも言ってくれ。エレインを一人で泣かせる真似は、もう絶対にしない」

「まるで以前に私を一人で泣かせ、後悔しているみたいですね」

「……仮定の話だよ」

含みのある言い方だったが、ルシアが柔らかく抱きしめてくれたことで、細かい疑問はどうでもよくなった。

それよりもこの温《ぬく》もりを堪能したい。心からホッとして、満たされる匂いと熱を存分に味わいたかった。

「エレインを悲しませる相手は、許さない。僕が報復してやる」

「荒事は望んでいません。妹のことをおっしゃっているなら、私はもう大丈夫です」

強がりではなく、前を向く勇気を持てた。

愛する人と初めての友人。この先にある楽しみ。それらがあれば、強くなれる。

家族以外拠り所がなかった頃とは違うのだ。実際のエレインはこの部屋の中に閉じ込められているのだとしても――昔と比べ格段に視野が広がっているのを感じていた。

「エレインがそう言うのなら」

「本当に、何もしなくて結構です」

笑いながら釘《くぎ》を刺す。重苦しかった気持ちは、すっかり晴れていた。


この夜、エレインは奇妙な夢を見た。

過去の記憶のようで、見覚えがない光景。知らぬはずの少年に慰められ、仲睦《むつ》まじく遊び、再会を約束して――果たせなかった夢だ。

『泣かないで』

エレインの目尻を拭ってくれた指先も、幼さを残していた。細く小さな手に、性差はまだ感じられない。

だが少年の美しさは既に完成され、たった六歳の幼女でさえも見惚《みと》れずにはいられなかった。

――妖精みたいに綺麗なお兄さん。

年齢は王太子であるジュリウスと同じかやや上だろうか。あまり他の子どもらと交流のないエレインには判断できなかった。

いつも周囲にいるのは大人ばかりで、母には『付き合う人間は選ばなくては駄目よ。お前に相応《ふさわ》しい相手は、私が決めます』と言われ、そういうものだとエレインは思ってきた。

逆らうなんて、発想はないし許されない。

だから初めてその少年に話しかけられた時には、随分慌てふためいた。

勝手に知らない人と喋ったら叱られると思い、その場から逃げ出そうとしたほど。

ただし、ここがどこなのか分からない。端的に言えば、その時のエレインは迷子だったのだ。

父に王城へ連れてこられ、ジュリウスと仲良くしなさいと言われても、肝心の王太子にその気がなくてはどうにもならない。

彼にしてみれば、年下の女児なんて煩わしいだけだったのだろう。

初対面の時から嫌な顔をされ『ついてくるな』と言われたが、父の手前そうはいかず、エレインが必死にジュリウスの後を追うと散々暴言を吐かれた。

それでもめげずに毎回くっついて回り、懸命に話しかけたのが逆効果だったのか。

最終的に怒った彼に突き飛ばされ、転んで呆然としている間に、置き去りにされた。

ジュリウスを追いかけることに集中し、広い王城内のどこに自分がいるのか分からなくなったとしても、僅か六歳の子どもなら仕方のないこと。

王太子の取り巻きたちは、尻もちをついたエレインを助け起こしもせず、全員さっさと立ち去った。

ジュリウスのご機嫌取りを優先させたのだ。

結果、エレインは見事な迷子になったというわけである。

独りぼっちの不安と、父の言いつけを守れず叱られるかもしれない恐怖、転んだ拍子に捻《ひね》った足首の痛み。そういう全部が原因となり、エレインは涙を溢《あふ》れさせた。

みっともない姿を誰かに見られれば余計に両親を失望させると思い、他者に助けを求める考えも浮かばない。

とにかく自力でどうにかしなくては。ひとまず人目につかない場所で、涙が乾くまで隠れていようと思い立った。

よろめく足で立ち上がり、より静かな方向へ歩を進める。人の気配がすればそこを避け、あまり管理されていない閑散とした区域に紛れ込む。

エレインがしゃくりあげつつ辿《たど》り着《つ》いた場所は、元はそれなりに整えられた庭園だったようだが、今はうらぶれていた。

草木は最低限の世話しかされておらず、人の目を楽しませるには程遠い。

花は申し訳程度にぽつぽつと咲き、そこはかとなく荒《すさ》んだ空気が漂っていた。言うなれば、廃墟《はいきょ》だ。

──ここは、使われていないのかな？

それにしては立派な建物が建っている。かなり大きく、年代を感じた。

ただし、手入れが行き届いていないのか、劣化はひどい。

外壁は崩れた場所がありポーチは荒れ、枯れ草が石の隙間から生えている。あちこち蔦《つた》が絡んでいるのは、取り除く人手が足りないようだ。

窓から覗《のぞ》くカーテンは日に焼け、ガラス越しでも相当くたびれて見えた。

──立派なお屋敷なのに、もったいないな……まさかお化け屋敷なの？

しかし誰も住んでいないと判断したのは、エレインの早とちりだったらしい。

ぼんやり立っていたエレインは、突然背後から声をかけられ驚きに目を見張った。

『君は誰？』

佇んでいたのは、この世のものとは思えぬくらい幻想的な少年だった。

銀の髪と翠の瞳は、先ほどまでエレインを虐《いじ》めていたジュリウスと似ている。だが受ける印象は全く違った。

王太子は確かに整った顔立ちをしていたけれど、それだけだ。

今眼前にいる少年の神秘的な雰囲気には到底届かない。所詮は人間の容姿の範疇《はんちゅう》に過ぎず、神が特別に作ったと言われれば信じてしまいそうな完璧な造形を持つ彼の、足元にも及ばなかった。

『……泣いていたの?』

予想外の出会いに驚いてエレインの涙は引っ込んでいたが、反射的に自分の頬《ほお》へ手をやった。頬に残る滴を乱暴に拭う。すると近づいてきた少年が痛ましげに目尻を下げた。

『泣かないで』

うっとり聞き入りたくなる天使の声だ。甘く響いて、心を揺らす。

呆然とし返事が遅れたところ、少年が品よく首を傾《かし》げた。

『悲しいことがあったの?　でも、無理に擦っては駄目だよ』

エレインの指先にそっと彼の手が重ねられる。残る涙は、繊細な手つきで少年が拭ってくれた。

『でも、ここにはどうやって入ったの?　立ち入り禁止のはずなのに』

『あ……迷子に、なって……』

『途中、衛兵に止められなかった?』

『人のいない場所を選んで歩いたから、誰にも会わなかったわ』

所々、人の気配はあった。けれど大人であれば通れない場所でも小さな子どもならば通過できる。監視の目も、まさか幼女が王城の敷地内を一人で歩いているとは思わず、見落としたのではないか。

エレインがそう話すと、少年は『なるほど』と首肯した。

『君は運がいいね。もし見つかっていたら、罰を受けたかもしれない』

『私、怒られる？』

父に折檻《せっかん》されると思い、絶望的な気分になる。また双眸《そうぼう》が潤みだすと彼は穏やかに微笑んでくれた。

『大丈夫、僕が何とかしてあげるよ。せっかく久し振りにいらしたお客様だ。歓迎する』

『あ、ありがとう！』

笑顔を向けられたことが嬉《うれ》しくて、エレインも笑み返した。

優しく涙を拭いてもらったのも、初めてだ。いつもは涙ぐむと怒られるか、面倒臭げに使用人に拭かれるだけだった。

それなのに、彼はちっとも嫌そうではない。それどころか優しい手つきで頭まで撫《な》でてくれる。容姿は多少似ていても、意地悪なジュリウスとは大違いだった。

——世界にはこんな人がいるんだ……

悲しみに苛《さいな》まれていた心が救われる。エレインは父の元へ戻ることも、ジュリウスを追いかけることも忘れ、もう少しここに留まりたくなった。

立ち去りがたい。とは言え、それは『いけないこと』だ。

ここまでエレインは既にいくつも父との約束を破っていた。

『おいで。盛大なもてなしはできないが、お喋りしよう』

『でも……』

本音では、そうしたい。エレインが動けずにいると、少年がふと足元へ視線をやった。

『少し片脚を引き摺《ず》っているね。怪我《けが》をしたの？』

『あ……ついさっき、転んで』

『それは大変だ。見せてごらん』

地面に膝をついた彼が、エレインの足首を検分する。

転んだ時に捻り、ここまで歩いてきたことで一層傷めてしまったようだ。けれど捻った痛みよりも、麗しい少年が跪《ひざまず》いて自分へ触れてくることにエレインの頭はいっぱいになった。

『あ、あの、もう大丈夫……っ』

『冷やした方がいいね。こっちへおいで』

少年に促され移動すると、他に比べ荒れていない一角に到着した。そこは下草が刈られ、テーブルと椅子が置かれている。近くには井戸があり、彼が慣れた手つきで水を汲《く》んだ。

『座って。おやつを出してあげられなくて、ごめんね』

『いらないわ。甘いものを食べ過ぎると太ってしまうから、駄目って言われているの』

そんなことよりも親切な少年と過ごせることが嬉しい。早く戻らねばと焦りつつ、エレインは浮き立つ気持ちで椅子に腰かけた。

『靴と靴下を脱がせるよ』

『えっ』

いくら幼子でも、そこは貴族令嬢。

使用人でもない相手に無防備な脚を見られることには抵抗がある。それも相手は子どもとは言え、並外れた美貌を誇る異性だ。ドキドキするなと言うのは無理だった。

『じ、自分で──』

『じっとして』

ピシャリと言われ、押し黙る。

晒《さら》されたエレインの足首へ、井戸水に浸した布が押し当てられた。

『……っ』

『冷たい？　大丈夫？』

『平気……』

『我慢しなくていいよ。腫れないといいけど……薬はなかなか手に入らないんだ。ごめん』

包み隠さず言えば、ちっとも平気ではなかった。主に、心臓の方が。

鼓動が速まり過ぎて、破裂しそうだ。喉から飛び出さないのが不思議なほど暴れている。少年を見下ろしているとより心拍数がおかしくなるのに、視線を逸《そ》らせない。

彼のつむじを見つめ、胸が締め付けられる。甘苦しさで、足首の痛みなどすっかり忘れた。

──心配してくれただけでなく、手当てまで……

頭も心もフワフワする。もしこれがバルフォア侯爵邸の中だったら――と想像し、止まっていたはずの涙がエレインの瞳からこぼれた。

『そんなに痛い？』

『あ、これは違って……』

何と説明すればいいのか。迷うエレインに、少年が静謐《せいひつ》な眼差しを向けてきた。

『さっきはどうして泣いていたの？』

『……道に、迷って』

『そうなんだ。じゃあ、後で僕が帰り道を教えてあげるよ』

流石に王太子に虐められたとは言えず、エレインは言《い》い淀《よど》んだ。迂闊《うかつ》な発言をすれば、不敬罪に問われかねない。

エレインににこやかに接してくれる少年がジュリウスの取り巻きと同じように意地悪をしてくるとは思わないが、言動には気をつけた方がよさそうだ。

――お父様の耳に入ったら、また怒られてしまう……

ただでさえジュリウスと親しくなれという命令に逆らっている。

エレインは懸命に頑張っていても、遂行できていないなら、同じことだ。結果が全て。過程には全く価値がなかった。

『……ねぇ、ここでは本当のことを言っても大丈夫だよ。聞いているのは僕だけで、誰にも言わないから』

腰を上げた少年が、微笑んでエレインの頬を拭ってくれた。

それがどれだけ慰めになったことか。

ずっと我慢していたものが溢れ出す。一度壊れた堤防を、立て直すことはできなかった。

『……っ、わた、私……っ、本当はジュリウス様と仲良くなんてしたくない』

乱暴な子は苦手だ。何でも命令口調で怒鳴ってくるのも怖い。

互いに一緒にいたくないのに、媚《こ》びを売って付き纏う自分自身が嫌だった。

けれど『嫌』と口にすることは許されず、心の奥に不満を溜《た》めてきたのだ。父の願いならと笑顔を張り付けて。

だが今日のことで、ジュリウスは更にエレインに対し悪印象を持ったかもしれない。

そうなれば当然父に叱られる。下手をしたら失望される。

エレインは追い詰められた心地で思い切り泣いた。

『わ、私が悪いの。ちゃんとできないから、ジュリウス様が怒って……お父様に見捨てられたらどうしよう。バルフォア侯爵家に相応しくないって……』

『君は悪くないよ。——でもそうか……君はバルフォア侯爵家の娘なんだね』

苦みの籠った声で呟かれ、エレインは嗚咽《おえつ》を漏らした。俯《うつむ》いた頭を、優しく撫でられる。温もりが伝わってきて、より涙が止まらなくなった。

『王太子に気に入られれば、いつかはこの国で一番偉い女性になれるかもしれない。だけど君自身は望んでいないの？』

『いらない。そんなことよりも私が欲しいのは、誰もが笑っていられる幸せだもの』

国や身分なんて、ピンとこなかった。

エレインの望みは、もっとささやかなもの。

家族の笑顔であったり、飢える人がいなくなったりすることだ。悲しみや苦痛は少ない方がいい。

ジュリウスに取り入って手に入れられるものに、正直心惹かれなかった。

『……上に立たなくては、叶《かな》えられない願いもあるよ』

『その過程で、自分にガッカリするのは、納得いかないの……』

いつかのために耐え忍ぶのは間違いではない。不本意なことも大人になれば呑み込むのが必要だろう。理不尽なことはいくらだってある。それは、エレインだって分かっていた。

年齢よりも賢いせいで子どもらしく振る舞えず、我慢ができてしまう。だからこそ、苦しくて破裂寸前になっていた。

『正しい行いをしたいのに、間違ったことを見逃すのは、おかしいでしょう？』

今日、エレインがジュリウスを激怒させたのは、鬱陶《うっとう》しく付き纏ったことだけが原因ではなかった。

彼が従者の子を理由もなく蹴り飛ばしたのが、どうしても許せなかったのだ。

周りは笑って追従し、蹴られた本人も道化を演じていた。ヘラヘラとして。けれどその子が涙ぐみ、震えていたのをエレインは見逃さなかった。

思わず『それはいけない』とジュリウスを諌《いさ》め、結果彼を激昂《げっこう》させたのだ。

父の言いつけに従うなら、あの場でエレインはジュリウスと一緒に笑わなくてはいけなかったのに。

もしくは取り巻きの一人と同じように、石をぶつけて追い打ちをかけるのが正解だったのか。

どちらもできず、傍観者にもなれなかったのが、エレインの失敗。

しかし今後のためと嘯《うそぶ》いて、過《あやま》ちを犯すこともしたくなかった。

『自分のことを嫌いになって、その先に何があるの？』

それは未来のために努力したと、本当に胸を張って言えるのか。

たどたどしく、声を詰まらせながら、燻《くすぶ》る気持ちを吐露する。

エレインの拙《つたな》い説明を、少年は黙って聞いてくれた。

『……そうか。君はとても心根の綺麗な子なんだね。それに自分の考えを持っている』

そんな風に言ってもらえたことはない。いつも『しっかりしろ』『努力しろ』と『もっと』を求められてきた。

いつしか期待に応えられない自分が出来損ないだと、自信がなくなるまで。

『だけどお父様の期待に、全然届かないの』

『……君にとって本物の望みと違うからかもしれないね』

『え』

自分の望みは父の希望を叶えること。そう信じていたので、少年に言われた意味が、瞬間的に理解できなかった。

『私はお父様の期待に応えたいのに？』

『それと自分の夢は、別なのかもしれないよ』

難しくてよく分からない。父の願いを叶えることがエレインの望みだ。それなら必然的に同じ未来を目指していることになるのではないか。

『――ごめん、悩ませてしまったかな』

黙り込んだエレインに何を思ったのか、少年が謝ってくる。それで会話が一度途切れた。

やや気まずい空気の中、彼が濡《ぬ》れた布を井戸水で冷やし直す。絞ったそれを、再度エレインの足首に当ててくれた。

――気持ちいい。でもそういえば、この人はどなたなのだろう？　王城内をよく知っているみたい。もしやこの屋敷に住んでいる？　だけど……こんなところで暮らすなんて、どうして？

聞いたら答えてくれるだろうか。好奇心が擡《もた》げたが、エレインは上手く切り出せないまま少年を見つめた。

『そんなに見られたら、恥ずかしいな』

『あ……ごめんなさい。あんまりにもお兄さんが綺麗で……』

『それはどうもありがとう。でも僕は……あまりこの容姿が好きじゃない』

『え、どうして？』

意外に感じ、エレインは驚いた。

秀でた容姿はそれだけで価値がある。選ばれるために美しくなくては。そう教えられ、外見を磨くのは子どもでも当たり前だと教えられてきた。

故に見た目を褒めるのは、喜ばれるのが当然だと思っていたのに。

『どうしても目立ってしまうからね』

『あ』

そう言われてエレインはようやく、彼の髪や目の色が王族特有のものだと気づいた。

どちらか片方の色を持つ者は稀《まれ》にいるが、両方の特徴を兼ね備えているのは、直系でも珍しいのだ。

――あら？　それではこの人は王族？　でもそれならこんな寂れた屋敷にいるのは何故？

他に人の気配がないし、寂しくないのかな……それに立ち入り禁止だと言っていなかった？

お世辞にも裕福とは言えない暮らしぶりが垣間見え、よもや王族がこんな生活を強いられるはずがないと思い直す。

しかしそうすると、王城の敷地内に隠れ住んでいる人間がいることになってしまう。

子どもには分からないことだらけで、困惑する。だが同時に、自分と通じる部分も感じ取っていた。

エレインの暮らすバルフォア侯爵家では、常に大勢の人間がいる。しかし使用人たちはエレインと必要以上に関わらない。家族と親密に過ごすこともなかった。

だから沢山の人がいても、疎外感を抱えていたのは否定できない。誰も話しかけてくれないなら、独りぼっちと同じだ。

寂れた邸宅でポツンと過ごす少年も、エレインと同じ孤独感を抱えている気がした。

——お兄さんも寂しいのかな……？　だから私に優しくしてくれたの？

それは親近感。もしくは見知らぬ胸の高鳴り。トクトクと鼓動の音が速まった。

『……ごめんなさい。だけどとっても綺麗なのは本当なの。お兄さんが嫌でも、私は好きなままでいてもいい？』

エレインが拳を握りしめて告げると、彼は数度瞬いた。身勝手な言い分に呆れているのか。子どもの相手をするのに嫌気がさしたかもしれない。

不安になり、視線を上げられないまま固まっていたエレインの鼻先に、突然白い花が差し出された。

『いいよ。君が好きだと言ってくれるなら、悪くない気がしてきた』

『本当？　ありがとう』

彼が白い花をエレインの髪に飾ってくれ、トキメキが大きくなる。うっとりする香りが、余計に夢のような時間を彩ってくれた。

花を贈られるなんてまるで大人の女性になったかのよう。乙女心が刺激され、束《つか》の間《ま》感じていた居心地の悪さは、すっかり霧散した。

『とてもいい匂い。どこに咲いているの？』

周囲を見回しても、同じ花は見つけられない。強く香る花なので、近くに咲いていれば分かるはずだ。

だがいくらエレインが探しても、少年がくれた花は見当たらなかった。

『あれ……？』

『こうして僕が咲かせたんだよ』

少年が頭上へ手を伸ばす。すると何もない空中にいくつもの小花が現れた。

『え……っ？』

初めは同じ種類の花。しかし次々に大きさも色も違う花が咲き始めた。風に乗り花弁を散らすそれらが、甘く香る。

現実とは思えない光景に、エレインは歓声を上げた。

『すごい、すごいわ！』

あまりにも幻想的。語彙力が喪失しても仕方ない。

エレインは上空に手を伸ばし、落ちてくる花々を掴もうとした。

『まるで初代魔術師のルシア様ね』

ディンバーグの建国神話では、絶大な力を持った女性魔術師ルシアが時の英雄を玉座に導いたと伝えられている。

彼女はとても花が好きだったそうだ。乱世を生きながら植物の研究も続け、いくつもの花を品種改良で生み出したと伝説が残っていた。

この国の国花も、ルシアが作り出したとされるものだ。

自らの能力で未来を切り開き、それだけに止まらず己の好きなことも追究し続けた彼女を、エレインはとても尊敬している。

勿論エレインだけではなく国中の敬愛を集めているため、ディンバーグ国では女の子に『ルシア』と名付けるのも珍しいことではなかった。

色とりどりの花が舞い散る。

足首の痛みを忘れ、エレインはその場に立ち上がり花を受け止めようと手を伸ばした。

『僕に君の怪我を治せる力があればよかったけど……ごめんね。きちんと師について学んでないから、上手く魔力を使いこなせないんだ』

『お兄さんが謝る必要はないわ』

どうしてそんなことを言われるのか分からず、エレインは戸惑った。こんなに綺麗なものを見せてくれただけで、充分心は晴れている。

これからも頑張ろうと気力が漲《みなぎ》ったのだから。

共有した時間は短い。

けれど心に刻まれた感情と思い出は、かけがえのないもの。

あの当時の自分を唯一思い遣ってくれた人を、どうして忘れられよう。

もう一度会いたいと願っても不思議ではない。むしろ当然の成り行きだった。

ささやかな祈りが握り潰されるなんて、幼子に想像するのは無理だ。

よもやあの日あの時、『彼』に出会ってしまったこと自体が大罪になるなどと――

忘れろ、と低い声が恫喝《どうかつ》した。

それはエレインが絶対に逆らえない命令。いくら嫌だと泣いて頼んでも、聞き入れられるはずはない。

怒り狂った父親に何度も殴られ――母からは汚らわしいものを見る眼差しを向けられた。

床には白い花が踏みにじられている。彼から貰《もら》った宝物。今は見る影もなかった。

何故言ったことすら守れないのか。言いつけを破るだけでは収まらず、厄介ごとを引き起こすとはどういうつもりだ。育ててやった恩を仇《あだ》で返すなんて、とんでもない出来損ないだ。

これまでにない苛烈な罰と暴言に、エレインは何度も意識を失った。

部屋に閉じ込められ、食事を抜かれ、手当てされることもなく過ぎた三日目の夜。

朦朧《もうろう》としたエレインの前に現れたのは、黒いローブを羽織った初老の男だった。

以前から、バルフォア侯爵家に出入りしている魔術師だ。

両親とは度々話しているのを見かけたが、エレインと直接顔を合わせたのは、この日が初めてだった。

それも子ども部屋までやって来るとは、異例のこと。

父と母は魔術師の力を重宝しつつ、彼らを内心蔑んでいる。家族が暮らす階へ招き入れることなど、これまでならあり得なかったのだ。

『――おやおや、小さな子に随分とひどい怪我を負わせたものです』

『ふん。どうせそんなもの治そうと思えば、簡単にお前が癒《いや》せるだろう。今回はとんでもないことをしでかした罰を与えている。たっぷり反省させなくてはな』

『いえいえ。流石にこれを完治させるのは容易ではありませんよ。それなりに時間も金もかかると思ってください』

『この守銭奴が。能書きはいいから、ひとまず依頼した通りに仕事をしろ』

痛みで横たわることしかできないエレインに、魔術師が近づいてくる。

しかし治療に来てくれたのではないらしい。

何やら不思議な図が描かれた布を、頭に巻かれた。

『もう一度念のため申し上げておきますが、本人にとって重要な記憶を消したり改竄《かいざん》したりするのは危険を伴いますよ』

『問題ない。たかが数時間一緒に遊んだ相手のことなんて、子どもにとっては大した記憶ではあるまい。忘れても支障はない』

『侯爵様がそうおっしゃるのであれば、私は構いませんがね』

『仮に多少問題が起こっても、自業自得だ。全く……この大事な時期に一番関わってはいけない人間と接点を持つとは……これで我が家に余計な火の粉が降りかかったらどうしてくれる。やっとここまで下準備を施してきたのに、全てが台無しだ』

腹立たしげに吐き捨てた父が、『あとは任せたぞ』と言って出ていった。

残されたのは、動けないエレインと無表情の魔術師だけ。

男は『あんな親で可哀想になぁ』と呟いたものの、エレインを助ける気は毛頭ないようだった。

『俺は金さえもらえれば、どんな依頼でもこなす。貴族同士のいざこざに巻き込まれるつもりもない。――さて、お嬢ちゃん。可哀相だが先日出会った者の件は根こそぎ忘れてもらうぞ』

やめてというエレイン渾身《こんしん》の叫びは、音にすらならなかった。

掠れた呼気が漏れたのみ。喘鳴《ぜんめい》音に紛れ、誰にも届かない。虚《むな》しく夜に溶けた。

父が激昂している理由は明らか。

あの日自分と彼は出会ってはいけなかった。ただ、それが何故なのかは、エレインには詳しく分からない。

ただ彼が――『いないことになっている』人間なのだと悟っただけ。

――それでも、忘れたくないよ……

大事な記憶。特別な思い出。

誰にも優しくされたことのないエレインに、労《いたわ》りと温もりをくれた人。静かに話を聞き、慰めてくれた人。

どれも大切な宝物。心の拠り所であり、勇気をもらえた。失えば、これから先の沢山のことに影響が出るに決まっている。

また自分が世界に独りぼっちに戻るのが怖かった。

――私からお兄さんの思い出を奪わないで。

腫れた瞼の下から、懸命に魔術師を見つめる。だが彼はエレインと目が合っても、まるで気にした様子がなかった。

自分の仕事を終わらせることしか頭にないらしい。平然と準備を進めている。

頭に巻かれた布だけでなく、横になったエレインの身体を取り囲む形で複雑な図形を描いた紙が置かれる。

合間を埋める鉱石は、男の力を増幅させるものか。長い詠唱の後、それらが発光しだした。締め切った部屋の中、風は入ってこないはずなのに蠟燭《ろうそく》の炎が激しく揺れる。やがてエレインから一番遠い位置にあった蠟燭の灯が消え、その隣から次々に消え始めた。エレインに向かい、一直線に。

――駄目。お願いだから、あの人を忘れさせないで。

涙がボロボロ溢れ、全ての蠟燭が消えて室内が真っ暗闇になる。

その瞬間、エレインの頭の中も黒一色に塗り潰された。

第五章　真実

寝起きは最悪だった。

全身が気怠《けだる》くて、頭が痛い。まるで二日酔いのよう。

エレインは深酒をしたことがないものの、飲み過ぎると翌日大変なことになると聞いたことがある。その症状に似ていた。

――夢見が悪かったのかな。覚えていないけど。

以前は夢自体あまり見ることがなかった。それが最近、急に増えた気がする。

特に、ティティリアと再会してから。不快な重みが翌朝まで残ることが多々あった。

――昨日はせっかくキロが遊びに来てくれて、とても楽しい時間を過ごせたのに……覚えてもいない悪夢のせいで寝起きが芳《かんば》しくないなんて、落ち込むわ。

キロと友人になり、エレインは何度も思い切りお喋りに興じた。勿論ルシアと話すのも楽しいのだが、やはり女同士の会話は少々別だ。

たいしたことのない話で盛り上がり、心行くまで笑い転げた。

腹の探り合いではない言葉のやり取りは新鮮で、とてもいい刺激になったのは確か。

前日のことなのに、エレインはもう次はいつ彼女に会えるのか楽しみになっている。

だからこそ、気持ちが充実し体調も万全のはずなのだが。

——今日は、朝から疲れている。

こういう症状は、実は以前からあった。何か頭に靄《もや》がかかった感じで、探ろうとすると余計に頭痛が悪化するのだ。

対処法としては、極力何も考えずに他のことに集中するしかない。昔なら、いつも以上に勉強するのが常だった。

余計な物思いに耽《ふけ》る余裕がないくらい、びっしりと予定を組んで休憩も挟まず。新たな知識を頭に詰め込み、ダンスや演奏の練習にも精を出して。

——でも今は、そんなことはしなくていいのよね。

ルシアは毎日『君の好きに過ごせばいい』と言ってくれる。一日中寝ていたって文句は言われない。彼から魔力の供給を受け傍にいれば、後は自由だ。

こちらとしてもルシアに何かを要求したことはなかった。彼を煩わせたくなかったためだ。

——だけどたまには……私から何かお願いしても大丈夫かな……？

このまま休んでいるより、いっそ動き出した方が体調の回復は早い気もする。

無為に横になっているのがもったいなく感じ、エレインはやや強引に頭を起こした。

「おはようございます、ルシア様」

「おはよう、エレイン。起きて大丈夫なのか？　頭が痛いんじゃないのか？」

特に体調が悪い件は口にしていなかったのだが、彼にはとっくにお見通しだったようだ。

自然な流れで脈と熱を測られた。

「えッ」

それも額同士をくっつける方法で確認されたものだから、エレインは朝から軽く動揺した。

「ル、ルシア様……っ」

「熱はないが……脈は少し速いな」

「それはルシア様のせいですよ……」

寝起きに神々しい尊顔が目の前に迫れば、誰だってドギマギしてしまう。いつまで経っても見慣れない美貌は、今日もこの上なく輝いていた。

――ルシア様は寝癖がついたり顔が浮腫《むく》んだりすることはないのかしら……？　私の顔は大丈夫？

今更比べても自分が虚しくなるだけなのだが、うら若き乙女としては気になる問題だ。

さりげなく彼から離れると、今度は問答無用で額に口づけされた。

「魔力なら、もう昨晩たっぷり提供していただきましたよ」

「今のは僕がただしたかっただけだ」

サラッと言われ、赤面してしまう。照れる様子が皆無のルシアの言葉は、逆にどこまで本気なのかが未《いま》だに分からない。『魔術師は変わり者』の思いもあって、丸ごと信じるのは難しかった。

——とても大事にされている——とは思う。でも『好き』や『愛している』とは言ってくださらない。そういう好意ではないということかな……

自分だって彼に気持ちを告げられずにいるのだから、ルシアを責めるいわれはない。それにあまり己の本音を言葉にするのは下品だと、貴族社会では言われている。そういう常識に則《のっと》ると、『言ってほしい』と望んでいる自分が、随分狡《ずる》く感じられた。

ましてエレインの抱く感情とは別の種類だと告げられたら、立ち直れない。曖昧なままにして現状維持できるなら、それでもいいと卑怯《ひきょう》な計算をしてしまった。

「……あの、ルシア様。今日はご予定がありますか？」

「いや、特に約束は何もない。あったとしても、貴女《あなた》を優先する。何か僕に言いたいことがあるんじゃないか？」

図星を突かれ、驚いた。

本当に彼は何でもお見通しだ。隠し事なんてできないなと苦笑せずにはいられない。覚悟を決め、エレインは初めての『お強請《ねだ》り』を決行した。

「その……前回は少し残念な終わりになったので、今回改めてルシア様お勧めのハーブのお店へ連れて行ってほしいのですが」

「そんなことか。勿論構わない」

快諾してくれた彼は、柔らかな笑顔を見せてくれた。

エレインは彼との生活で変わったが、ルシアも最初の頃と比べ格段に変化した。当初は近づき難い雰囲気を漂わせていたものの、今では随分とっつきやすくなったと思う。

それは自分だけでなくキロも感じているようで、『近頃嵐の前の静けさを感じるんですよぉ。あの鬼畜……いえ魔塔主様が丸くなるなんて不吉の予兆みたいな。あ、でもエレイン様がいればずっとこの調子が続いてくれるのかなぁ？』と首を傾げていた。

無礼な発言なのに、本人に悪口のつもりはないのが笑ってしまう。

ちゃっかり『今のは女同士の秘密ってことでぇ、よろしくお願いしますね！』と言ってくる強《した》かさも、愛嬌があって憎めなかった。

——キロと話すと、楽しくなる。彼女の言う通り、これからもルシア様の傍にいられたらいいな……何でもない日を重ねられれば、それだけでいい。

朝食を済ませた後、出かける準備をし、動きやすい服に着替えた。

その時、ベッドの横にある棚の上で、淡い紫色の小鳥が時刻を告げる。ルシアから贈られた、あの鳥だ。

「ふふ……今日も時間通り、ご苦労様」

いくら自由な生活でも、際限なくダラダラとするのはエレインの性に合わない。そこでどんなに朝寝坊したとしても、『この時間には起きて活動する』と決めた刻限に小鳥が鳴く設定にしていた。

愛らしい囀《さえず》りは、何度聞いても微笑ましい。

エレインは笑顔になって、籠の隙間から小鳥の頭を人差し指で撫でた。

「気に入ってくれて、よかった」

「一生大事にします」

エレインが告げれば、ルシアもはにかんでくれた。

幸せな気分に包まれ、差し出された彼の手を取る。詠唱も何もなく、いつも通り瞬《まばた》きの間に移動は完了していた。

「……何度経験しても、慣れませんね」

室内にいたのが屋外へ。

どこからか音楽が聞こえる。前回街路に咲いていた花は、別の花に植え替えられていた。暑くなりそうな日差しが、燦々《さんさん》と照っている。人々の服も軽装に変わっていた。

——魔塔の部屋にいると、天気や季節感が分からなくなる。

今日の自分の格好が浮いていないか不安になり、エレインはそっと周囲を窺《うかが》った。

だが誰もこちらを気にしている者はいない。

ルシアは特に髪も顔も隠していなかったが、不思議と注目はされていなかった。

「大丈夫ですか？　その、隠さなくても」

「目立って関心を集めなければ、大丈夫だ。他人には『人がいる』程度の認識しか持たれないようにしている。今日は気温が高くなりそうだから、暑苦しいものを被りたくないじゃないか」

涼しい顔をした彼であっても、汗ばむのは不快らしい。妙に人間っぽく、エレインはクスクス笑ってしまった。

「ルシア様も普通の人なんですね」

「僕を何だと思っているんだ？」

「勿論、歴代で最も優れた魔術師だと思っています」

拗《す》ねた様子の彼は珍しく、どこか可愛らしさもあってドキドキした。色んな表情のルシアを見られる贅沢《ぜいたく》さが、エレインを大胆にする。彼が自分を他者より身近に感じてくれているのではないかと期待して。

「ルシア様は並の魔術師が束になっても敵《かな》わない圧倒的強さだと、キロが語っていました」

「適当なことを……――僕にもできないことはある」

大通りを歩き始めた途端、子どもたちが数人駆け抜けていった。危うくぶつかりそうになったところを、ルシアがエレインの腕を引いて回避してくれる。

彼に半ば抱えられた状態で、エレインは瞬いた。

「そんなことがあるのですか？」

「魔術は万能ではない。細かな制約があるし、無から有は作り出せない。完全に失われたものを元通り復元することも――」

「そうなのですか……」

「だからエレインを蘇《よみがえ》らせるには、細心の注意を払い膨大な時間が必要だった」

ルシアの能力をもってしても、不可能なことがあるらしい。凡人でしかないエレインからすると魔術師の力は奇跡以外何物でもないが、彼らにはそうでないのか。

「ちなみに私の身体はあとどれくらいで、ルシア様の魔力をいただかなくても大丈夫になるんですか？」

「さぁ？　まだ当分先かな。ひょっとしたら一生かかるかもしれない。油断して離れて、体調が急変する恐れがある。せっかくここまで回復したのに、研究成果を無駄にしたくない」

「ええ？」

悪戯《いたずら》な色を孕《はら》んだ双眸は、彼の言葉が本気か嘘《うそ》か読み取らせてくれなかった。

けれど事実であったらいいとエレインは願う。そうであれば、一生ルシアの傍にいられる。

大手を振って彼の隣に居座れると思うと、幸福感しか湧かなかった。

「……ルシア様は困りませんか？」

「僕がどうして？　……エレインは困るのか？」

「ちっとも困りません」

つい前のめりになって答えると、彼が噴き出した。肩を揺らし、腹を抱えて笑っている。そういう姿も珍しく、自分たちが本当にごく普通のどこにでもいる恋人同士になれた気がした。

「困らないのか。それならよかった。だったら思う存分離れず一緒にいられるな」

「はい、命がかかっていますから……仕方ないですね」

口では渋々感を出しつつも、エレインはルシアと手を繋いだ。指を絡めて、簡単には解けないよう深く。彼も黙ってこちらの手を握り返してくれた。

「ハーブ店だけでなく、僕がよく寄る書店と雑貨店も行かないか。質のいい他国の品を良心的な価格で扱っているんだ」

「それは是非覗いてみたいです」

普段のルシアを垣間見られることに興奮が募る。共に生活していても、知らない面はまだ沢山あった。そういう部分に触れられると思えば、楽しみしかない。

エレインは高揚感に包まれて、彼と歩き出した。

「よく街を歩くのですか？」

「たまにだ。必要なものがある時以外、研究室か自室に籠っている。人に頼むよりも自分で選びたい時だけ足を運ぶようにしている」

「何でも魔術でポンとはいかないのですね」

「やはりエレインは魔術師を誤解しているな。消費魔力と支払う対価を考えれば、自ら動いた方がよほど簡単なことはいくらでもある」

諭され、なるほどと納得するが、エレインが魔術師に過剰な幻想を抱いてしまうのは、多分にルシアのせいだと思った。

彼がいとも簡単な様子で、奇跡めいたことを実現するからだ。

これが準備に時間をかけ、努力や体力を要し、その後ぐったり疲れ果てた姿を晒していれば、『魔術師も大変なのだな』と思っただろう。

しかしいつもルシアは泰然としていた。顔色を変えることなく、疲労を滲ませず、指先をひらめかせるだけで様々なものを見せてくれた。

食べ物や服を何もなかった空間に出現させ、移動も一瞬。

つい『あらゆることができるに違いない』と考えるのも当然だった。

「他の魔術師の方はそうだとしても、ルシア様に限って言うと、不可能なことがあるとは信じられないんですよね」

「買い被《かぶ》りだ」

呆れた顔をしつつも彼は、満更ではない様子だった。

「ルシア様、もし私が貴方に無理難題を吹っかけたら、きちんと窘《たしな》めてくださいね。でないと私、どんどん欲張りになってしまいます」

「貴女が望むなら、何でも叶える」

エレインはあくまでも冗談の延長のつもりの軽口だったのに、彼は至極真面目な声音で返してきた。予想していた反応と違い、戸惑う。

想定したのは、『僕に何をさせるつもりだ』と笑い飛ばされることだった。

数秒の沈黙が落ち、ルシアが真摯な眼差しをこちらに注いでくる。その真っすぐな視線にエレインの背筋が伸びた。

「……エレイン、僕らを知る者がいない場所へ一緒に行こうか」

「え……？」

それは単純に知り合いがいない場所という意味ではないのが何となく分かる。もっと広い意味だ。

エレインとルシアの素性も、顔も過去も全てを知られておらず、一切の柵《しがらみ》を切り捨てたどこか。

ディンバーグ国ではそれなりに有名人のエレインと、国にとって欠かせない人材のルシアに、そんな都合がいい場所があるわけがない。

可能性があるとしたら——

「無理に決まっています。ルシア様が他国へ渡ることを、ディンバーグ国が許すはずがありません」

そんなことをすれば国力が低下するだけでなく、世界の均衡が崩れる。

稀代《きたい》の魔術師を欲する国はいくらでもあり、下手をしたら戦争が引き起こされかねなかった。

「やり方はいくらでもある。今まではそこまでする気はなかったが……大事なものがこれ以上蔑《ないがし》ろにされるのを見ていられない。貴女は解放されていいはずだ。死んだことにされてまで、この国に留まらなくていい」

つまり、エレインのためだと言いたいのか。

言葉は圧倒的に足らないけれど、エレインの胸にグッと迫るものがあった。大切にされている。感情の種類は不明でも、ルシアの中で自分が特別な位置に置かれているのは重々伝わってきた。

提案は現実的ではないし、万が一実行した場合ディンバーグ国は大変な痛手を被るに決まっている。国力が弱まり、異国に攻め込まれかねない。そうなれば辛い思いをするのは民だ。

いくら縁が切れたとはいえ、バルフォア侯爵家だってどうなることか。

皆、無傷ではいられない。

他国へ渡れば、エレインは今より伸び伸び自由に暮らし、心の傷を癒せるのは確かだが、そのために誰かを犠牲にしたくもなかった。

だから彼の気遣いだけで、充分だと思う。

エレインの尊厳を守ろうとしてくれるルシアに愛《いと》おしさが募る。腕を組んで密着すると、今が一番幸せだと心底感じられた。

「私にとっては、貴方といられればどこであっても楽園です。でも私のために色々考えてくださり、ありがとうございます」

気遣われることがこんなにも嬉しいと教えてくれたのは、彼だ。自分以外の誰かに大事にされるのは、心地いい。こちらからも同じ喜びを返したくなり、エレインは目元を綻ばせた。

「ルシア様が私に心を砕いてくださるように、私にもできることはありませんか？　何でも言ってください。私も貴方の望みを叶えたいです」

好きな人のために何かしたいと願うのは、他者の望みを叶えることを己の夢だと思い込んでいたのとは、別物だった。

どんな努力も厭《いと》わないし、嫌だと感じない。献身を捧《ささ》げる喜びさえある。

相手が『ありがとう』と言ってくれたら、それで報われる。想像しただけで胸が高鳴り、エレインは彼の答えを待ち侘《わ》びた。

「大金がかかることは難しいですが、最大限努力して――」

「僕の望みはもう叶っている。子どもの頃に抱いた夢を、手に入れたから」

「そう、なのですか？」

ルシアの言う『夢』が何なのか、とても気になる。聞き出したくて堪らない。

けれど優しく微笑む彼があまりにも静謐で——寂寥《せきりょう》感の滲む空気にエレインは何も言えなくなった。

——手に入れたとおっしゃいながら、まるでなくしてしまったみたい……

瞳の奥に宿る切なさに、こちらの胸も締め付けられる。それなのに何もできない自分がもどかしかった。

「——到着した。ここが僕のよく来るハーブ店だ」

「あ……っ」

物思いに耽っていたエレインは、脚を止めたルシアに危うくぶつかりそうになった。慌てて何事もなかった振りをする。

前方へ視線をやれば、こぢんまりとし古びた店が裏通りに建っていた。

周囲の店舗と比べてもかなり小さい。小屋と称した方が正確なくらいだ。間口も狭く、通りから階段を少し下りる仕様になっている。初めて来たら、入るのを躊躇《ためら》う造りだった。

「ここですか？」

正直なところ、国一番の魔術師御用達《ごようたし》の店とは思えなかった。

彼ならば、最高級の品や、珍しく貴重なものをいくらだって取り寄せられるだろう。それこそ最優先で極上のハーブを手に入れられる。

にも拘らず、お世辞にも繁盛しているとは言えない店を行きつけにしているのは意外だった。

「ここは老舗で、ハーブ以外でも頼めばどんなものだって調達してくれる。ただし長年の信頼と金払いの良さを求められる。それに一見《いちげん》は相手にせず紹介制なんだ。基本的に魔術師以外は断られる。僕の連れとしてなら、エレインも入店できるよ」

「へぇ……」

それでずっとやってこられたのなら、信用できる店に違いない。

——ルシア様が認めていらっしゃるなら、一般的なハーブのお店とは別物なのね。魔術師の方々が通うとなれば、さぞや特殊な品を取り扱うんだわ。

俄然楽しみになってきた。

スンと鼻から深く息を吸えば、やや薬と緑の匂いがする。スパイスのような香りもして、謎に包まれた店の中への興味が膨らんだ。

重い扉を開き、薄暗い店内に入る。外観からの印象よりも、中は細く長く奥へ続いていた。混じり合った不思議な匂いが強くなる。ただし不快なものではない。店全体に染み付いたそれは、どこか落ち着く芳香でもあった。

「あの辺りの商品は、お茶として飲む。あちらは味付け、これは薬にもなる」

「へぇ。見た目は同じに見えます」

「ああ、元は同じ植物だ。用途によって収穫時期を変える」

「それで使い道が変わるのですか？」

目を見開いたエレインが問いかけると、ルシアが楽しげに笑った。

「関心があるなら、今度植物の本を貸す。僕が纏めた研究書も読んでみるか？」

「見せてくださるのですか？　是非！」

彼の研究成果を貸してもらえるなんて、非常に嬉しい。難しくてもじっくり読んでみたい。好きな人の趣味や嗜好《しこう》は理解したいものだ。

エレインは「絶対ですよ」と念を押した。その時。

「いらっしゃい。久し振りだな」

暗がりから声が聞こえ、エレインは肩を揺らした。何もないと思っていた空間に、もじゃもじゃ頭でひげ面の恰幅《かっぷく》がいい男が座っている。

全身黒ずくめなので、完全に闇と同化していた。

「ああ。前回と同じものが入荷したと聞いた」

「それなら、これだ。手に入れるのは骨が折れたから、次は難しいかもしれないぞ。かの国が輸出制限をかけている。これまでも高価だったが採掘量が激減し、今後は更に値が上がっていくだろう。ただでさえ強欲なデライラ王のことだ。ここぞとばかりに吹っかけてくる。品質が落ちてもな」

「金を積めばいいという問題ではないんだな」

「そうだ。近々鉱脈は枯渇する。その後は粗悪品をとんでもない高値で流通させようとするさ。

だがここで焦って手を出すな。まだ実用には数年かかるが、ギュン国で代替えとなる物質の研究が進んでいる。成功してもこれまでと同じように使うには調整が難しいものの、お前やキロならどうということもあるまい」

どうやらこの店は情報も取り扱っているらしい。話がどんどん複雑かつ難解なものになってゆく。

魔術師特有の話に聞き耳を立てるのはどうかと思い、エレインはそっと店主とルシアの傍を離れた。

天井まである棚には、ぎっしりと瓶が並んでいた。様々な色をした粉末状のものが入れられている。

壁には無数の植物が干され、店の片隅にはよく分からない機材が積まれている。乱雑に並べられた書籍には、一応法則があるようだ。

天井からも色々な乾燥した葉や蔓《つる》が垂れ、店内で人が動くたびに小さく揺れる。高い位置にある小窓からはあまり光が入らず、辛うじて見える程度。

店の掃除は行き届いているのか、古びていても埃《ほこり》などは溜まっておらず、むしろ使い込んだ風合いが居心地の良さを演出していた。

――こういうお店に来たのは初めて……世界には私の知らないことがまだまだ無限にあるのね。

不思議な空間は物珍しく、エレインはあちこち興味深く観察した。

「お嬢さん、面白いかい？」

「えっ、あ、はい。どれも珍しくて眺めるのが楽しいです」

鉢に植えられた変わった香りの花を眺めていると、もじゃもじゃ頭の男に突然話しかけられ、吃驚《びっくり》した。店主にはエレインが眼中にないと思っていたのだが、違ったらしい。

「あいつが誰かを連れてくるなんて、初めてだ。十二年の付き合いで、笑顔を見たのもな」

「ルシア様とそんなに昔からの付き合いが……」

十二年前なら、ルシアも子どもだっただろう。キロが『十にもならず魔塔に入ったのは、近年だと私と魔塔主様くらいじゃないですかぁ？』と言っていたのを思い出した。

「ああ。先代の魔塔主があいつを連れてきた時から、面倒を見てやっている」

「僕はお前に面倒をかけた覚えはない」

憮然《ぶぜん》とした様子で会話に入ってきたルシアが、エレインを手招きしてくる。勿論すぐさま駆け寄ると、ごく自然に腰を抱かれた。

「むしろ僕の方が、お師匠様からお前の面倒を見てやれと言われていた」

「口が減らないところは昔から変わらんな。才能さえなけりゃこんな生意気なガキを拾うなと先代には忠告したのに」

「残念だが、その才能が突出していたからお師匠様は僕を可愛がってくれた。――そんなことより、もし今後彼女が何かを頼んだら……助けてやってほしい」

気安げな会話を交わしていたルシアが、急に真剣な面持ちで店主に告げた。すると相手も僅かに表情を変える。

「ほぅ？　お前がそんなことを言うなんて、明日は槍《やり》が降るんじゃないか」

茶化《ちゃか》しつつ、店主は本当に驚いているのが窺えた。太い眉毛の下の瞳が、好奇心に煌《きら》めいている。じっくりエレインを観察し、意味深に「なるほどなぁ」と頷いた。

「ま、他ならぬ現魔塔主様の頼みだ。聞いてやる。――お嬢さん、何か困りごとがあればこの店に駆けこんでこい。仮に衛兵に追われていたとしても匿《かくま》ってやるし、望む品は何だって手に入れてやる」

「そ、そんな」

よく分からないが、心強い後ろ盾を得られたらしい。

実際衛兵に追われることはないと信じたいけれど、酔っ払い程度からなら守ってもらえる安心感があった。

「気にするな。料金はそこの男が気前よく支払ってくれるだろうよ。お嬢さんはかなり特別な存在なんだな」

それが本当であれば、どれだけ嬉しいか。エレインは返答に迷い、結局曖昧に微笑んだ。

「エレイン、何か欲しいものはあった？」

「あ、いいえ。でもどれも興味深くて長居したくなります」

「貴女が好みそうなのは、この辺りかな。眠る時、枕もとに置くだけで安眠の効果がある。この香り自体、エレインは好きだと思う」

ルシアが棚から取ってくれた匂い袋を嗅ぐと、甘い花の香りが漂った。きつ過ぎない芳香にホッとする。

ずっと嗅いでいられそうな心地よさに、エレインはつい深呼吸を繰り返した。

「すごい。どうしてこれが好きだと分かったのですか？」

それに近頃夢見がイマイチなことも気づかれていたのか。

「貴女のことをいつも見ているから」

「……っ」

飾り気のない甘い台詞《せりふ》に、エレインの頬が熱を持った。しかも今は二人きりではない。店主の目が気になって慌ててしまう。

しかし店主は軽く目を見張りはしたが、店の奥へ引っ込んで聞かぬふりをしてくれた。

——だけど恥ずかしい……ドキドキする……

ルシアといると心臓がしょっちゅう高鳴り、冷静でいられなくなる。平常心を保つことが大事だと教えられていた昔だったら、そんな自分を許容できなかったかもしれない。

誰かの言動で一喜一憂するなど、愚の骨頂であると嫌厭もしていた。

けれど今は。

——こういう私も、嫌いじゃない。

簡単に心乱される自分もエレイン自身。己の心に正直になっただけだ。

感情や思考を殺して生きるよりも、今の方が随分人間として自然な形だと思えた。

「この匂い袋をもらっていく。代金はいつも通り、纏めて請求してくれ」

「ああ。面白い情報が入ったら、連絡する」

ルシアが告げれば、店の奥で店主がひらひらと手を振った。また買ってもらってしまったことが申し訳なくもあり、嬉しくもある。

喜びを噛《か》み締《し》めつつエレインは、ルシアと共に店の外へ出た。彼の手には先ほど店主から受け取った袋もある。さほど大きなものではないものの、ずしりとした重さがありそうだった。

「それは何ですか？」

「鉱石だ。魔力の増幅や安定のために使う。繰り返し使用できるけれど、いずれ劣化するから定期的に交換する必要がある」

「それは、欠かせない重要なものですね」

「ああ。産出国であるブライド国は長年これで荒稼ぎしてきたから、枯渇する前に相当各国の魔術師に吹っかけてくるだろうな」

——だから店主は『焦って手を出すな』と忠告してくれたのね。

水面下で色々な駆け引きがあるらしい。いくらディンバーグ国が強力な魔術師を多数抱えていても、安泰ではないということか。

「自国には良質なものを残し、他国に粗悪品を流通させることも可能ですね」

「その通り。だがギユン国が安価な代替品を安定的に供給できるようになれば、世界の勢力図が大きく変わるはずだ」

「ギユンは絶海にある小国ですよね？　正直国力は強くありませんが、勤勉な方が多いとか」

王太子妃候補として学んだ中に、あった国名を思い出す。

特に産業や資源がない小さな国だが、その分歴史が古く魔術師たちの地位は高いと聞いた。自然を大事にし、規律を守る温厚な国民性とも。

「よく知っているな。ディンバーグ国とは特に国交がないのに」

「以前読んだ本に、伝統を重んじながら新しい文化も取り入れていると書かれていました。今の国王様が、相当やり手の改革派だそうです」

「なるほど。……ギユンについてもっと知りたくなったな」

思案する彼の横顔を盗み見る。すっかり魔術師としての思考になっているのか、いつもエレインへ向けてくれる慈愛に満ちた表情ではなかった。

――そんなお顔も魅力的だと感じてしまう。私、すっかりルシア様に夢中だわ……

もっと彼のことが知りたい。本当なら過去の話を店主から聞きたかった。子ども時代、生意気だったというルシアはどんな少年だったのだろう。

おそらく今と同じくらい美しく、それでいてあどけなかったはず。思い描こうとして、エレインは軽い眩暈《めまい》を覚えた。

「……っ？」

ぐらりと視界が揺れる。視野が狭まり頭痛もする。鼓動が速まって全身には汗が滲む。

この感覚には覚えがあった。

以前、彼の髪を切った時のこと。あの時も似たような症状に襲われ、起き上がれなくなったのを。そのことを思い出し、エレインは咄嗟《とっさ》に思考を断ち切った。

「エレイン、大丈夫か？」

よろめいた身体は彼が支えてくれ、事なきを得た。だが呼吸は乱れたままだ。気遣わしげにルシアがこちらを覗き込んできて、乱れた髪を耳にかけてくれた。

「体調が悪いなら、もう戻るか？」

「い、いいえ……少し休めば平気です。せっかく出てきたのですもの……もう少しルシア様と散策したいです」

息苦しさはだいぶ改善されつつある。この分なら、しばし座っていれば、よくなるに違いない。そこで彼に頼み、休憩を取ることにした。

「エレインがそう言うなら——大通りにある店で休もう。何か飲めば落ち着くかもしれない」

ルシアに半ば抱えられ、広い通りに出る。そこは図らずも、前回ティティリアと遭遇した店の近くだった。

けれどそれを気にする余裕もなく、案内された店内で席に着く。座ったことで気分の悪さはかなり楽になった。

「ありがとうございます。もう大丈夫です。なかなか万全の調子にはなりませんね。ルシア様の力をもってしても、禁術の完全成功には時間がかかるのでしょうか」

「……いや、これは別の原因だ」

「え、そうなのですか？　私はてっきり、魔力が馴染《なじ》まないのかと……」

瞬いて彼を見つめると、ルシアは「貴女は気にしなくていい。全部僕が何とかする」と苦く笑った。

唇は弧を描いている。けれど胸が詰まる笑顔。真剣な眼差しに搦《から》め捕られ、エレインの中で何かがざわめいた。

ただ、それが何なのかは霞《かすみ》の如く形も捉えられない。掴むことすらできず滲んでいった。

「必ず、取り戻す。心配ない」

「……？　はい」

取り戻すと言うからには、なくしたものがあるのか。判然としないながらもエレインは、不可解な感情が込み上げて頷いた。

焦燥ともどかしさ。悲しみと一欠けらの恋しさ。複雑に絡まり合ったそれらは、やはり正体が掴めぬまま。

無意識に考えまいとし、エレインは頭の痛みから意識を逸らした。

――何故か分からないけれど、心の奥がざわざわする。

そうこうしているうちに注文した飲み物がテーブルに届けられ、一口飲むとホッとした。喉の渇きもあったのかもしれない。

冷たく甘い液体に心まで潤い、エレインは笑顔を浮かべて何とはなしに表通りへ視線をやった。その、瞬間。

「やっと見つけたぞ、エレイン！　いくら隠れたつもりでも、こちらにだって優秀な魔術師はついている！」

「え……っ」

店の窓を砕きそうな勢いで叩《たた》き、叫んでいたのは見覚えがある中年男性。

少し前まで『父』と呼んでいたバルフォア侯爵だった。

「お……お父様……っ？」

もう二度とそう呼ぶことはないと思っていた。それどころか会うこともないのだと。

彼の中でエレインはとうに死んだ娘。いや、役に立たないまま壊れた道具に過ぎなかったのだから――

「全部上手くいっていたのに……！　お前のせいで台無しだ！」

口角泡を飛ばしながら、バルフォア侯爵は店内に入ってきた。身なりは金がかかったものだが、そこはかとなく荒んだ空気が漂う。

顔色は悪く、最後にエレインが見た時よりも、随分げっそりと窶《やつ》れていた。

――どうして？　お父様は今、ティティリアが王太子妃に決まり、順風満帆のはずじゃ……今更エレインが生きていようがいまいが、さほど重要な問題ではないのでは。まさかエレインの生存を知られ、何か不都合があったのか。

しかしそれならこんなに人目がある場所で騒ぐのは不自然だった。

――それとも、私の死を悼んでくださった……？

淡い期待が胸を過る。そうであったらいいと愚かな願いが捨てきれない。

自分はあの家の道具であり、家族ではなかったのだと言われても、全部の情を消し去るのは難しかった。

「何故のうのうと生きているんだ！」

だが儚《はかな》い祈りはいとも容易《たやす》く手折られる。

血走った目で掴みかかってくる父親だった男を呆然と見守り、動けない。店内にいる人々も驚きのあまり固まっていた。

それはそうだろう。

明らかに高位貴族の男が、突然喚《わめ》いて押し入ってきたのだ。誰も彼も巻き添えになっては堪らないと遠巻きにこちらを見ていた。平民が貴族に不敬を働けば、死罪に問われる可能性もある。

そんな中ルシアが表情を変えぬまま指を動かした。

「煩い」

「ぎゃっ」

エレインへ伸ばしたバルフォア侯爵の手が白い閃光《せんこう》と共に弾かれる。かなりの痛みがあったのか、彼は自らの手を抱えてその場に蹲《うずくま》った。

「バルフォア侯爵様！」

後ろから追ってきた従者が、慌てた様子で主へ駆け寄る。だが侯爵は苛立たしげに従者を突き飛ばし、エレインに憎しみの籠る眼差しを向けてきた。

「育ててやった恩も忘れて……この役立たずが！　大人しく我が家のために死ねばよかったのに！」

エレインの知る、冷静で冷徹なバルフォア侯爵とは思えなかった。

髪は乱れ、服は着崩れ薄汚れている。何より他者の目がある屋外で、こんなにも感情を剥《む》き出しにするなんて。

父はいつも人目と醜聞を気にしていた。この通りは平民だけでなく貴族や上流階級の人々が大勢いる。そんな中で喚き散らす姿がとても信じられなかったのだ。

——どういうこと？　いったいどうしてお父様はこんなに我を忘れて……

エレインが生きていたことが衝撃だったのは理解できる。だが都合が悪いなら無視すればいいだけのこと。

エレイン自身は名乗り出るつもりがなく、ティティリアには『他人の空似』で押し通し、居場所だって明らかにはしなかった。本来ならもう関わらずに別々の道を歩めばおしまいだっただけ。

それなのに、バルフォア侯爵は『やっと見つけた』と言った。つまり、エレインのことを探していたのだ。しかも『生きている』と確信して。葬儀を上げ、『娘の死』を受け入れていたのに。

——ティティリアが王太子妃に選ばれた今、私は用済みではないの？　敢えて接触を図る意味が分からないわ。

いくら考えても答えは出ず、愕然とする他ない。

エレインが何も言わずにいることが逆鱗《げきりん》に触れたらしく、バルフォア侯爵は余計に青筋を立てて憤怒の表情になった。

「何とか言ったらどうなんだ！」

「お父様……落ち着いてくださいませ。いったい何が何やら……」

周囲の人々からの視線が突き刺さる。この修羅場をルシアに見られているのも辛かった。

バルフォア侯爵は、エレインが生きていたことを喜ばないどころか怒り狂っている。そんな場面を彼に目撃され、誰にも愛されていないと知られたくなかったのだ。

今、ルシアがどんな顔をしているのか確かめる勇気はない。

呆れているか、哀れんでいるのか。父であったはずの男に粗雑に扱われるエレインに何を思っているのか——怖くて目を向けるのは不可能だった。

「お前が生きていては、何もかも台無しだ！　せっかく上手く殺したのに！」

「……殺し、た……？」

「もう黙れ」

パンッと手を打つ音が響き、世界が切り替わる。

いや、半透明の壁に囲われていた。中にいるのは、エレインとバルフォア侯爵。そしてルシアの三人。

他の人間は壁の外。隔絶された向こう側はこちらが見えないのか、内部の揉《も》め事《ごと》など初めからなかったように、和やかな空気が流れ始める。普段通り客が談笑し、店員が忙しく働いていた。

バルフォア侯爵の従者でさえキョトンとし、主の名を呼びながら店外へ出ていく。さも、数秒前までの騒動を忘れたと言わんばかりに。

「いったい何が……」

「内と外を切り離した。これ以上騒ぎが大きくなるのは面倒だ」

エレインが伸ばした指先は、膜めいた壁にぶつかる。感触は硬く、押してもびくともしない。

あちら側の物音は聞こえてくるが、こちら側の話し声は届かないらしく、関心を示す者は皆無だった。

「この男をこのままどこかへ捨ててこよう」

「えっ、そんなことをしてはルシア様が罪に問われます……！」

「今日の記憶を消してしまえばいい。魔術師を従えているようだが、この空間に干渉できない程度の腕だ。どうとでもなる」

冷淡に吐き捨てるルシアは、いつもエレインを気遣ってくれる姿とは別人だった。

どこまでも無機質で、なまじ顔立ちが整っている分、余計に作り物めいている。本気でバルフォア侯爵を捨てかねない勢いに、エレインは戸惑ってしまった。

――貴族に危害を加えるなんて、危険な真似を彼にさせられない。それに――……さっきの『上手く殺した』って、私の空耳？

そうであってくれと願うのは、僅かでも情が残っているせいだ。これ以上父に失望したくない。自分でも惨めで愚かしいのは自覚している。それでも無意識に愛情を乞わずにはいられなかった。

「お父様……先ほど私を殺したとおっしゃったのは……」

「聞く必要はない、エレイン！」

鋭い声でルシアが止めてくる。だがいち早く反応したのは、醜く顔を歪めたバルフォァ侯爵だった。

「王家には呪いがかかっている。もう何百年も昔から……王太子妃に選ばれた『一人目』は、必ず凄惨な最期を遂げると。選び直された次の候補者には降りかからない、随分理不尽な呪いがな」

「え……？」

「ずっと昔に我が子を王妃にしようとしてバルフォァ侯爵家の先祖が魔術師に依頼してかけたものだそうだ！　我が家には当主にのみ伝えられてきた。最大の有力候補者を死に追いやり、我が家門から王妃を輩出する――それを夢見て禁術に手を染めた。だが皮肉にもなかなか実現せず今日まできてしまったらしい」

声が出ず、絶句する。

それが本当なら、ジュリウスの妃に選ばれた『一人目』のエレインは死ぬ運命にあったということか。しかもその事実を父は知っていた。

――だから……ティティリアの身代わりとして私が必要だったの……？　呪いを受けて死に、その座を妹に譲り渡すために……

「ティティリアを王妃にするため、お前を引き取って完璧な淑女に育て上げた。優秀で非の打ち所がない娘を選ばせ、その上で葬る。散々王家のために働いてきた我が家を、陛下が切り捨てられるはずもない。当然死んだ姉の代わりに妹を娶《めと》るしかなくなる。完璧な計画だった！」

想像した通りの答えを返され、気分が悪くなった。それでも涙は出ない。

あまりにも衝撃的で、感情が麻痺《まひ》している。心の許容量が飽和して、何も考えたくなかった。

「だがこの数百年我が家門から『一人目』の被害者が出なかったことで、疑惑の目を向ける者も現れた。だからこそ理想的な王太子妃に育てたお前が死ねば、全て丸く収まったのに……！お前が生きているせいで、ティティリアが事故に遭ったのだぞ！」

「ティティリアが……？」

「そうだ。お前が死ななかったから、あの子が『一人目』になってしまった。全てお前が大人しく呪いを受けなかったせいだ！」

まるでエレインが悪いかのように言われ、狼狽《ろうばい》した。

責められる謂《いわ》れが分からないのに、どうしようもなく申し訳なくもなる。それは長年染み付いた自責の念のせいだった。

――言われたことをちゃんと達成できなかった私が悪いの……？

罵倒されるのも。暴力を振るわれるのも。愛されないことも。全部全部エレイン自身に非があるのでは。

立て続けに知らない方がよかった事実を聞かされ、エレインの自尊心も情緒もめちゃくちゃにされた。

何を拠り所に立っていればいいのかも見失う。自分の根幹の部分が破壊され堕《お》ちてゆく錯覚に襲われた。

「ティティリアは……」

「意識不明で生死の境をさまよっているのだぞ。可哀相に……あの子がお前に似た娘を見かけたと言った時、もっと真剣に話を聞いておくべきだった……他人の空似だと思い手を打たなかったばかりにこんなことになるなんて……っ！」

バルフォア侯爵が嘆き悲しむ姿は、紛《まが》うことなく『娘を案じる父親』のものだった。ただしそれは微塵《みじん》もエレインには向けられていない。

ひたすらティティリアにのみ注がれている。エレインには、『憎悪』と『苛立ち』だけがぶつけられていた。

「私をバルフォア侯爵家の娘として育てて下さったのは……最初から殺すつもりだったからですか……？」

嘘でもいい。多少は情があったと言ってほしい。たぶんそれだけでエレインは救われる。

愚かだとしても、全てを許せると思えた。愛されていないことと、疎まれていることは似て非なるもの。せめてその一線を越えないでほしい。幻想に浸るくらいは許してくれと叫びたい。

けれど現実はいつだって残酷。ルシアと出会うまで、世界が自分に優しかったことなど一度もなかったと強制的に思い出させられた。

「他に何がある？　あんなに金をかけ分不相応な暮らしをさせてやったのに、簡単な役目も果たせないとは……全く、とんだ金食い虫だ！　やはりいくら見た目が我が家の特徴に似ていても、どこの馬の骨とも知らん卑しい生まれでは、この程度か」

微《かす》かに残っていた父への思慕が木っ端《こっぱ》微塵《みじん》になった。

絶望感で目の前が真っ暗になる。悲しみよりも痛みが大きい。

上手く息が吸えなくて、涙がボロボロ溢れた。

「エレイン、貴女が聞く価値はない。傷つく必要は、もっとない」

ルシアに引き寄せられて耳を塞がれる。その手付きはどこまでも優しい。

今、寄り掛かれる場所があってよかったと心底思った。でなければエレインはあまりにも孤独だ。

憎しみを向けられ世界から爪弾《つまはじ》きにされたのと同義だった。

——苦しい。愛されていないどころかこんなにも疎まれて……

「この件で何一つエレインに落ち度はない。罪があるのは馬鹿げた呪いに加担した過去の者たち。それから、全て知りながらその存在を隠し続けた代々のバルフォア侯爵家当主。そして我欲のためにエレインを犠牲にしようとした、お前だ」

ルシアが説明するのも煩わしげに嘆息する。そこで初めてバルフォア侯爵はルシアの存在を認識したらしい。

初めは噛みつかんばかりの勢いだったものが双眸を見開き、ガクガクと震え出した。

「き、貴様……その髪と瞳の色は……」

「お父様、この方は──」

「生きているはずがない！　あの時、確かに殺したと報告を受けたんだ！」

「それ以上戯言《たわごと》を喋るな」

エレインが間に入ろうとするよりも早く、バルフォア侯爵が後退《あとずさ》る。男の瞳にははっきりと恐怖が宿っていた。エレインへ向けていた怒気とは違う。心底怯《おび》え、腰が抜けたのかその場にへたり込んだ。

「そんなはずはない……あり得ない……」

「お父様……？」

ますますわけが分からなくなり、困惑する。怯《おび》え方《かた》が尋常ではない。エレインの生存を把握した際の反応とは明らかに違った。

バルフォア侯爵の顔に浮かぶのは、憤怒ではなく怖《おそ》れ。同じ『殺した』と言いながらも、何かがおかしい。

その違和感を探ろうとエレインがした刹那、父が歯を剥き出しにして声を荒げた。

「陛下の命に従って、王位継承権を持つ者は王太子様以外全員殺したんだ！　勿論陛下の弟も、その息子も！」

「黙れ！」

エレインの頭に殴られたような衝撃があった。

陛下の弟。その息子。二つの言葉が明滅し、軋《きし》む痛みで視界が狭窄《きょうさく》する。何かが記憶の底から浮かび上がった。

思い出してはいけないこと。根底から消されてしまった過去。なかったことになった『それ』は壊されたエレインの宝物だった。

深く心に根付いた記憶を無理やり抜き取られると、土壌である精神がボロボロに掘り返される。その荒らされた地に、ぽっかりと空いた穴。

覗き込んではいけないとエレインの声が聞こえた。けれど目を逸らせない。虚《うつ》ろの奥には何もなく、深淵《しんえん》が広がっている。

昏い。暗い。深い穴の最奥と視線が合った気がした。

……かつてディンバーグ国は玉座を巡って血生臭い争いがあった。

候補者は二人。先王の息子であり、正妃から生まれた長男と側妃の子である次男。順当にいけば、長子が王太子に選ばれ次の王となる。

だが皮肉なことに国民の人気も才覚も、三つ年下の第二王子の方が優れていた。しかも容姿

においても、より強く王家の証が現れていたのは、弟の方であったそうだ。

当然、臣下からも『どちらが次期国王に相応しいか』との声が上がった。

本気で国を憂う者もいたかもしれないが、大半はそれぞれ自身の欲を隠し、『どちらに与《くみ》した方が得策か』打算を働かせていたのは、容易に想像できる。

当の第二王子本人には、その気がないにも拘らず。

結果、自らの立場を危ぶんだ長兄により、血の雨が降った。先王が崩御した混乱の最中、一切の容赦なく。まるでその瞬間を待っていたと言わんばかりに。

ありもしない罪の捏造《ねつぞう》。それに伴う粛清の嵐。狙われたのは第二王子を支持する勢力。

優秀で人格も優れていた弟は冤罪《えんざい》を着せられ処刑。その家族は罪を免れたものの王城の片隅で息を潜めて暮らすことを余儀なくされた。

生きながら死んでいるのを同じ。存在そのものを消され、ただ飼い殺しにされているのと変わらない。

ひたすら『いない者』として何年も。

やがて人々の記憶から忘れ去られ、血濡れた過去は人知れず風化するはずだった。

エレインだって詳しくは教えられていない。『口にするのも憚《はばか》られる大罪を犯した王弟がかつて処刑され、その家族は陛下の恩情により生かされている』としか聞かされていなかった。

無事玉座に座り栄華を極めた現国王にしてみれば、もはや生き残った者は過去の亡霊に等しかったのかもしれない。

ただし成長するにつれ、『慈悲深い』と称賛を集めるためだけに生かしておいた赤子が、自身が殺《あや》めた弟の生き写しになるとは思いもせず。

国王にしてみれば、『今更』な悪夢だ。己の罪深さを突き付けられた心地になっても不思議はない。段々疎ましくなり――やがて再び肉親を手にかけようと決意するまでに、さして時間はかからなかった。

今やただ一人の甥《おい》。目障りだった弟が、己の命を差し出してまで助命を願った息子。

いずれ自分の地位だけでなく、王太子の治世になっても邪魔になるのは目に見えている。ならば一刻も早く排除しなくては。そんな囁《ささや》きは、側近たちからも上がった。

特に――王家に擦り寄り権力を手にしたいバルフォア侯爵家から。同調者は瞬く間に増えた。

そして『計画』が決行される数日前にエレインは偶然、王弟の遺児である『彼』に出会ってしまったのだ。

破壊された記憶の断片が、エレインの内側に残っている。それらは二度と、元の形には戻らない。砕かれた硝子《がらす》の破片と同じ。

それでも残骸のまま、消滅することもなかった。

ただ心の最深部に堆積している。本当なら死ぬまで『そこにある』ことをエレイン自身すら知らず。

「あ……ぁあああッ」

「エレイン！」

凄《すさ》まじい頭痛に襲われ、絶叫する。

全身がバラバラに砕けてしまいそう。涙が溢れ、視界が歪む。手足は冷え切って、感覚がなくなっていった。

幼い頃出会った、綺麗な少年。エレインに優しくしてくれ、話を聞いて、花を降らせる幻想的な光景を見せてくれた人。

邂逅はたった一度。

それなのに忘れられない、忘れたくないと心底願い、奪われた記憶。

万が一にもエレインと王弟の息子に接点があると思われては厄介だから。バルフォア侯爵が国王に裏切り者と見做《みな》されれば、これまでの努力も無駄になる。

エレインの役割は、あくまでも王太子ジュリウスの『一人目の妃』に選ばれて死ぬこと。それ以外求められていなかった。

粉々だった思い出が組み立て直される。ただし穴だらけで不完全なまま。

それでも――掴みどころも見つけられなかった時とは違い、エレインはハッキリと『それ』を思い出した。

――一度も口に出して呼ぶことはできなかった。でもあの人の名前は……オリウス様。何故ブツンッと世界が弾ける。限界を迎えたエレインの意識は、そこで途切れた。

忘れていられたの？——

◇◇◇◇◇

腕の中で意識を失ったエレインを、オリウスはそっと抱きしめた。壊れ物を扱うよう、慎重に。

実際、少しでも力加減を誤れば、たちまち粉々に砕けてしまいそうだ。それほど今の彼女は脆《もろ》く危うい状態だった。

欠片をどうにか積み直しただけ。もう一度崩れれば、さらに細かな破片になりかねない。

——記憶を取り戻してほしいと願っていても、エレインに負担をかけるつもりはなかった。

思い出すことで苦しむくらいなら、永遠に忘れられていても構わない。

十年以上前のあの煌めく一日は、オリウスが覚えていればいい。仮に彼女の中で消えてしまったところで、奇跡同然の輝きが失われることはない。

だから、名乗るつもりなどなかった。そもそも屋敷に放火され母が殺されたあの日、王弟の遺児であったオリウスは死んだのだから。

全てを失い、誇りもなくし。

瀕死の状態で助け出されたところで、絶望感に苛まれただけ。生きる気力など湧くはずもなかった。

それでも自ら死を選べなかったのは、匿ってくれた前魔塔主に『生前の王弟様に頼まれた』と告げられたためだ。

父は、まだ生まれたばかりの我が子に魔術師としての才能があると、すぐ気づいたらしい。

だがそれを明らかにすれば、どうなることか。

良くて兄に利用され尽くす。悪ければ危険な存在として殺される。

父は己の兄が弟である自分を殺したがっていることを熟知していた。少しでも隙を見せれば、妻と子も嬉々《きき》として屠《ほふ》られる。

何とかして息子の命だけは生かしたい。親として懸命に願い、妻とも相談し選んだのは、息子の能力を隠し通すことだった。

しかし万が一オリウスを守れなくなった時には、身寄りのない子どもとして魔塔主に匿ってもらう。そういう約束を交わしていたそうだ。

だから、生きた。名前も身分も捨てて。

亡くなる間際、前魔塔主は『王弟様には恩がある。あの方は魔術師を人間扱いし、地位の向上に奔走してくださった』と教えてくれた。

そんな王族は、これまで一人たりともいなかったらしい。誰も彼も魔術師を便利な道具としか考えず、支配し消費することに疑問も抱かなかった。そんな中、『あなた方もこの国の大切な民だ』と屈託なく笑いかけてくれたのだと目に涙を浮かべ。

だからこそ先代は危険を冒して約束を守り、焼け落ちる屋敷から秘密裏にオリウスを救出した。

そして『どうか貴方も、同じ志を持ち続け生きてくれ』と言い残し息を引き取ったのだ。

故にオリウスに残された責務は、『生き残る』こと。

両親と師匠が命がけで守ってくれた命を、放棄はできない。その方がよほど楽になれる道であっても、泥を啜《すす》り岩に齧《かじ》りついてでも生きなければならなかった。

けれど、父母を殺めた国王へ首を垂れる屈辱に耐えたのは、もう一つ理由がある。

エレイン。

彼女がディンバーグ国で暮らしている間は、エレインの平穏を壊したくなかった。

正直、今のオリウスがその気になれば一国を滅ぼすことも可能だ。

魔術師として力をつけ地位を固め、次第に王家への発言権も手に入れた。国の影響力を考えるなら、昔のように手足をもがれた脆弱《ぜいじゃく》な存在ではない。

先代の時代から少しずつ蒔《ま》いた種が芽吹き、オリウスが導くことで魔術師側の意識も変わり始めた。

自分たちは国に飼われる犬でも道具でもなく、一人の人間であると。

管理の名の下、支配され搾取されるのはおかしい。そもそも何故ふんぞり返っているだけの貴族らに平伏しなくてはならないのか。

不満や疑問を育てていけば、いつかは破裂する瞬間がやって来る。

オリウスから全てを奪った国王への恨みを晴らすため、行動する時期を見計らっていた。

それでもエレインが幸せならば、オリウスは未だ黙したまま紛《まが》い物《もの》の忠誠を王家に捧げていただろう。

あの夜、彼女の王太子妃内定を祝う宴で、凶行が起こらなければ。

呪いの件は巧妙に隠されていたため、オリウスでさえ尻尾を掴めずにいた。

そもそもこれまでは事故や病気などによる落命が主で、明らかな他殺は表向き少なかったのだ。

そうでなくとも、王太子妃候補を巡り血が流れるのは珍しいことではない。貴族ならばどの家も、己の家門から未来の王妃を出したいと願う。他国でもよく聞く話だ。

オリウスとてエレインが渦中にいなければ、興味すら持たず首を突っ込む気はなかった。噂話の域を出ない呪いの件を、馬鹿げていると嘲《あざわら》笑って。

——でも、どうしても気になり、あの夜宴の船を注視していた。

それを幸いと言うのは抵抗がある。結果的にエレインを助けられたとしても、彼女が刺され海へ突き落されるのを見るのは、心臓に悪過ぎた。

——今思い返してみても、全身の血が凍ってしまいそうだ……

会うことも名乗ることもできないが、見守り続けた大切な人。エレインのためなら、憎しみを飼い慣らせた。

それなのに冷酷な運命は、オリウスから唯一の光である彼女まで奪うつもりらしい。

気づいた時にはエレインを海中から引き揚げ、迷うことなく禁術を使っていた。

遠い昔に禁じられた『命の共有』。魔力を一度注げば、二度と離れられなくなるのも承知の上で。

——いや、これ幸いだとすら思った。

エレインが永遠に自分の傍に留まってくれるなら、彼女の意思を確かめず『勝手に何をしてくれたのだ』と罵られても構わなかった。

恨まれ、嫌われてもいい。

金輪際会えないことを思えば、甘美な罰でしかない。どんな経緯であっても、共にありたい。

もう一度笑顔が見られたら、それだけで報われる。

世界が彼女をいらないと言うなら、今度こそ自分のものにしてもいいはずだ。そんな勝手な論理を振りかざし、オリウスは合意を得ずにエレインを手に入れた。

それで彼女を『家族』という名の呪縛から救えると思ったのに。

「……よくもエレインを苦しめたな」

それも一度や二度ではなく、数えきれないほど。更にたった今、魂へ深い傷を負わせた。

オリウスはみっともなくしゃがみこんだままのバルフォア侯爵へ、冷淡な眼差しを向ける。怒りが頂点に達し、声が掠れた。視線の圧で人が殺せるなら、とっくに侯爵は絶命しているに違いない。

殺意を抑えることもできず、オリウスはエレインを抱いたまま一歩踏み出した。

「ヒ、ヒィ……ッ、絶対に殺したのに……！」

「ああ。国王の甥であるオリウスは既に死んだ。ここにいるのは一人の魔術師であり、エレインに焦がれるただの男だ」

それ以外の肩書はいらない。

彼女が意識を失う直前、記憶の破片が微かに見えた。その中で、あの日のことをオリウスと同じだけエレインも特別な宝物だと思ってくれていたことが知れた。

それで充分。他に求めるものなどない。

心の底から『何もいらない』と思った。

「そ、それなら助けてくれ。バルフォア侯爵である私の命令を聞け」

情けなく這《は》いつくばりつつも命乞いを命じるのは、ある意味流石《さすが》だ。

呆れと嫌悪にオリウスは口角を歪めた。笑顔にも見える表情を肯定と捉えたのか、侯爵があからさまに安堵《あんど》する。虚勢を張り、立ち上がった。

「報酬なら望むだけ払ってやる。だからその女を――」

「煩《うるさ》い」

指一本動かさず、オリウスはバルフォア侯爵をその場から消した。

文字通り、髪一本残すことなく人間が跡形もなく消え去る。命を奪ったのではない。ただ別の場所へ移動させただけだ。

「今はまだ――」

その時ではない。

エレインの希望を聞いてから全てを決めよう。そうほくそ笑み、オリウスは歩き出した。

半透明の壁は音もなく崩れ、空間を隔てていたものがなくなる。するとこちらとあちらは何事もなく接続した。まるで初めから壁なんて存在しなかったと言わんばかりに。

隔絶された箱の中、何が起きたのか全てを知るのはオリウスだけだった。

◇◇◇◇◇

重苦しい目覚めに、また悪夢を見ていたのかと思った。

このところ辛い出来事が多くて、心が疲弊していたのは否定できない。

だが一番深い部分に、大事なものが戻っているのをエレインは感じ取った。

「……オリウス様……」

かつては口にすることができなかった名前。けれど今はスルリと声になった。

それだけで口内が飴玉《あめだま》を含んだように甘くなる。幸福感が体内から湧き上がった。

「おはよう、エレイン」

穏やかな笑顔を浮かべた人が、ベッドの傍らに腰掛けていた。眠るエレインを見守ってくれていたらしい。片手はオリウスに握られていた。

見慣れた光景は、魔塔にある彼の部屋。高い半円形の天井に、今日は夜空が投影されている。その星空の下に、愛しい人がいた。

「あ、あ……」

会いたかった。声を聞きたかった。触れ合いたかった。ずっと。ずっと前から。

溢れる思いで溺れそうになり、涙が溢れ出た。

何故完全に忘れていたのだろう。あんなにも大事な思い出だったのに。後悔と歓喜がごちゃ混ぜになって、上手く呼吸ができない。

起き上がり噎《む》せるエレインの背中を、彼が優しく摩《さす》ってくれた。その手はずいぶん大きくなっていたものの、かつてと同じ温もりを持っている。

そっと触れるだけで、エレインにこの上ない安らぎと幸福感を与えてくれた。

「オリウス様……っ」

「久し振りに会えたね、エレイン」

虫食い状態の記憶は不完全で、所々空白がある。そのせいで今日に至る全てを鮮明に覚えているわけではなかった。

エレインの感覚からすると、六歳だった当時から十八歳の今まで時間が飛んだよう。その間に色々なことがあったのは認識していても、オリウスに関することは曖昧だった。

だが二度と会えないと諦めていたのに、こうして再会できた喜びが些末《さまつ》な疑問を押し流す。

細かいことで頭を悩ませるよりも、今の瞬間を思い切り味わいたかった。

「お会いしたかったです……！」

「僕もだ」

抱き合えば、やっと帰るべき場所へ戻れたと感じた。昂《たかぶ》る思いでクラクラする。

夢見心地のまま、もしもこれが現実でないのなら、一生眠ったままでいたいと願った。

「ごめんなさい。私、すぐに思い出せなくて……」

「構わない。僕が覚えていれば、それでいい。そんなことよりも、どこか辛いところはないか？　体調がおかしければ、教えてくれ」

気遣わしげなオリウスに促されエレインは改めて自分の身体に意識を巡らせたが、怠さがある以外は問題なかった。

倒れる直前に感じていた頭痛も治まっている。四肢の感覚はしっかりしていて、立ち上がっても支障はなさそうだった。

「平気です。むしろ以前よりもしっくりするというか……」

まるで欠けていた何かが補われたようだ。空いた穴が塞がったのか、心の中に虚ろもない。

「上手く言えませんが、不足分が完璧に満たされたみたいです」

「そう。だったら本当によかった」

吐息を漏らした彼がエレインの額に口づけてくれる。甘やかなキスが擽《くすぐ》ったい。体内がポカポカし、恍惚《こうこつ》に酔いしれた。

「……あ、お父様は……?」

倒れる前の記憶は曖昧だが、意識をなくす直前までバルフォア侯爵がいたはずだ。それなのに、父の姿はどこにもない。一応室内を見回してみたものの、それらしき人影は全く見当たらなかった。

「エレインが気にしなくても大丈夫だ。今頃はバルフォア侯爵邸に帰っている。——ただし僕の許可なくしては出られないが」

温度の感じられない声音に、オリウスの怒りが滲んでいる。

その原因に思い至り、エレインの瞳が揺れた。

「……私は長い間、無駄な努力をし続けていたのですね」

「……エレインが望むなら、復讐《ふくしゅう》してやろうか?」

柔らかな笑顔のままオリウスがこちらの頬を両手で包み込んできた。

翠の瞳には濁った悪意が微塵もない。あるのは、純度の高い愛情だけ。

エレインに対するまっすぐな愛が、惜しげもなく注がれてきた。

「復讐……？」

「全部壊してあげる。貴女を虐げた者、軽んじた者、嘲笑った者。僕なら纏めて消してあげられる」

消す、の意味がバルフォア侯爵のようにエレインの目に入らない場所へ閉じ込めるということではないとすぐに分かった。

おそらくはこの世界そのものから。

まるで憎悪を感じさせないオリウスの口調とは裏腹に、言っていることは恐ろしい。だが全てはエレインのためだと思うと、戸惑いはたちまち歓喜に変わった。

何もかもかなぐり捨てて、エレインに尽くしてくれる人。そんな相手から離れられるはずがない。

幼い頃から愛情に飢えていたなら尚更《なおさら》。

重い執着心を孕んでいても、それこそがエレインが欲してやまないものだった。

「……そんなこと、しなくていいです。私はオリウス様といられれば、他には何も望みません。復讐をして離れてしまう時間が増えるなら、何もしないで傍にいてください」

家族だった人たちへ、憤りがないとは言わない。燻る思いは、今後長くエレインを苛むだろう。もしかしたら、一生。

それでも報復は望まなかった。

勿論、自分が受けた痛みを同じだけ返したくないのかと問われれば、すぐに返事はできない。やり返さないと断言できるほど、エレインは強くも弱くもなれなかった。

善人ぶりたいのでも、本気で許せるのでも、当然ない。

だがもう関わるのももったいないと思ったのだ。

彼らに感情を揺さ振られ、憎しみに翻弄され、煩わされるのが馬鹿々々しい。そんなことより前を向きたい。

今のエレインは、せっかくあらゆる軛《くびき》から解き放たれて自由だ。

過去に囚《とら》われ続けるのは、それこそ自分を傷めつけた者たちに捕まったままでしかなかった。

だからこちらからは何もしない。攻撃も、反撃も。

けれどその代わり。

「……以前、『知る者がいない場所へ一緒に行こうか』と言ってくださいましたよね。あれはまだ、有効ですか？」

捨てられるのではなく、こちらが切り捨てる。この国が、家族だった人たちがエレインをいらないと言うなら、自分の意思で不要なものから離れようと思った。

「ああ、勿論。エレインが安らげる場所に一緒に行こう。どこへでも」

その結果がどうなるのか、エレインには分からない。何も起こらないのかもしれないし、もしくは。

「ただ、本当は二人きりで行きたいけれど、キロたちはついてきそうだな……まぁ各々自由に決めたらいい」

笑うオリウスは、とても楽しげだ。早くも未来に夢を馳《は》せているのが窺えた。

彼の腕に包み込まれ、心音が重なる。温もりが滲み、エレインの内側にある黒い思いや悲しみは緩く解けていった。

――オリウス様は私の中の醜い部分も受け止めてくださった。

純粋なだけでないエレインの内心に気づかぬ彼ではない。おそらく複雑な胸の内など、お見通しだ。それでも一瞬も迷うことなく同意してくれたことが、どれだけ嬉しかったことか。

言葉にならないほどの安堵と幸福で癒される。この人が好きだと、改めて感じた。

「ああ、一つ肝心なことを忘れていた。遅くなったが、エレインに伝えたいことがある」

溢れる幸せを噛み締めていたエレインをオリウスが見つめてくる。そして耳に唇を寄せてきた。

「貴女を愛している。初めて会った時からずっと。この先も変わらない」

「……っ」

まっすぐな愛の言葉に満たされる。

こぼれた涙は温かく、嗚咽交じりに「私も」と告げるのが精一杯だった。

「ずっと……っ、私も……っ」

「ありがとう。これからは二度と離れることなく、生きていこう」

手の甲に落とされたキスは、まるで誓いの証。

そこから全ての指へ順番に口づけされた。最後に薬指へ唇が触れ、翠色の石が嵌《はま》った指輪が出現する。驚くほど指に馴染むそれは、エレインの心を高鳴らせた。

「これ……」

「ギユンでは生涯の伴侶に指輪を贈るそうだ。あの国は今後大きく発展する。僕がさせてみせる。だから夫婦として行かないか?」

結婚を申し込まれたのだと気づくには、少々時間が必要だった。

ジュリウスとの婚約が決まった時はこんな気持ちにならず、虚しい達成感と重圧に潰されそうだったのとは大違いだ。

愛する人と想像する未来は、無限の希望に輝いていた。

「是非……!」

笑顔で頷き、オリウスに抱きつく。濃密なキスを返されて、舌を絡ませる。唇が解かれた時には、互いに息が上がっていた。

「……エレインにもっと触れたい」

「私も……オリウス様に触れたいです」

弾む息の下、声が甘く濡れる。見つめ合えば、瞳の奥に同じ情欲が揺れた。

ひたすらに相手を求めてやまない。隔てるものが何もない状態で抱き合いたい。

淫らな欲望に抗う気はなく、縺《もつ》れるように二人揃《そろ》ってベッドへ横たわった。

思えば、必要に駆られたのではなく求めあうのは、初めてかもしれない。ただ愛おしさに従い、密着したいと望んだ。

「あ……っ」

特に敏感な部分でなくても、掠めた指先から官能を注がれる。睫毛《まつげ》が絡む距離で見つめ合い、鼻を擦り付ければ、腹の奥が疼《うず》き始めた。

乱れた吐息が淫猥《いんわい》で、耳からも愉悦が煽《あお》られる。身じろぐ度に素肌がシーツに擦れ、いつの間にかエレインが身につけているのは指輪だけになっていた。

「ん、ぁ……」

開かれた脚の狭間《はざま》にオリウスの頭があり、銀の髪に内腿を擽られる。淫らな行為は未だに恥ずかしくて『やめて』と言いたいが、期待が羞恥心を上回った。

彼の舌がどれだけいやらしく執拗《しつよう》にエレインの花芯を愛《め》でてくれるのか、既に身体が知っている。だからこそ抗えない。

申し訳程度に身を捩《よじ》り、自ら口を塞いでその時を待つ。

潤む双眸には、淫蕩《いんとう》な色がまざまざと浮かんでいた。

「ふ……っ、ん、ぁあッ」

オリウスの舌と指で肉芽を捏《こ》ねられ、押し潰される。同時に淫窟を探られ、エレインはあっという間に高みへ押し上げられた。

隘路《あいろ》はもう、濡れそぼっている。浅く突き入れられた彼の指を歓迎し、内壁が蠢《うごめ》いた。

「ぁあ……っ、ァ、あッ」

濡れ襞《ひだ》を掻き回され、淫液が溢れ出す。内腿を伝う温い滴が、一層エレインの快感を大きくした。

「もったいない」

「やぁ……、啜らないで……！」

聞くに堪えない水音が下肢から響き、エレインは慌てふためいた。自分から溢れる愛液を舐《な》められるのも本音では恥ずかしい。

それを、音を立てて啜られるのは、もっての外だ。

けれど微妙な振動が媚肉に響いて、新たな快感に変わった。合間に肉雷を鼻で潰され、快楽が増幅する。

反射的に上へずり上がろうとすると、更なる力で引き戻された。

「逃げたら駄目だ。もう僕らはあらゆる意味で絶対に離れられないから、諦めた方がいい」

「逃げませ……アッ、ぁ、ああ……ぅあッ」

陰核を弄ばれ、法悦に襲われる。まともな言葉は紡げず、喘《あえ》ぐだけ。

腹がヒクヒクと波打って、太腿も痙攣《けいれん》した。膨れた花芽はすっかり貪欲になっている。オリウスから与えられる喜悦に溺れ、真っ赤になっているのが自分でも分かった。

「あ……も、もう……ッ！」

エレインが今にも達してしまいそうになった直前、不意にオリウスが顔を起こした。

「あ……っ？」

突然悦楽を取り上げられ、欲求不満を突き付けられる。あと少しで弾けられた肉体が、お預け状態で不満をこぼした。

「ど、どうして」

「僕も限界。これ以上エレインの痴態を見せられたら、おかしくなりそうだ」

どこもかしこも美しい彼の一部とは信じられない凶悪なものが、雄々しく勃ちあがり、先端から雫《しずく》を垂らしていた。

淫靡《いんび》な光景から目を逸らせない。凝視するのは浅ましいと分かっていても、エレインの視線は吸い寄せられた。

「あ……」

腹の底がジンジンする。あんなに大きなものを受け入れられるのか不安になったが、過去を振り返り苦痛だった覚えはなかった。

思い出すのは、めくるめく快楽。

何もかも忘れるくらいの愉悦の味が、エレインの中でよみがえった。

「……貴女の中に入っていい？」

取られた手をそそり立つ肉槍へ導かれる。想像以上の硬さと質量に驚いて、一瞬息が詰まった。

その際、妙に淫らな音が喉を通過する。発情した女の声に似て、自分でも恥ずかしい。それなのに期待は増す一方。

思わず起き上がって座ると、エレインの手の中にある屹立《きつりつ》に意識の全部が持っていかれた。

握った剛直は、熱く脈打っている。汗ばんでおり、それが紛れもなく人体であるのを伝えてきた。

頂《いただき》から滲んだ滴がひどく淫猥で、エレインの手が震える。やや力が入り握り込めば、オリウスが悩ましげに眉を寄せた。

「い、痛かったですか？」

「いや、エレインに触れられていると思っただけで、堪らなくなった」

それなら、自分と同じだ。彼が触れてくれるだけでどうしようもなく心も身体も昂る。同じようにオリウスが感じてくれているのは、途轍《とてつ》もない喜びだった。

彼の言葉に勇気を得、肉杭を握る手にもっと力を入れる。生々しく脈動が伝わってきて、エレイン自身の鼓動も跳ねた。

——ビクビクして、可愛い……それにオリウス様も頬を赤らめてくれている。

睫毛を震わせ、息を乱す彼はこの上なく魅力的だ。もっと自分の手でオリウスを悦《よろこ》ばせたい。そんなふしだらな欲求が生まれる。自分が求めるのと同じくらい、求められたい。

いつもエレインを乱す彼の手付きを思い出し、掴く手を上下させた。

「エレイン……っ」

掠れた声に興奮が募る。夢中で扱《しご》き続けると、肉塊はますます硬度と大きさを増した。

——こんなに……っ
畏怖と昂《たか》ぶりが混ざり、興奮に変わる。オリウスがじっとこちらを見つめる瞳に獰猛《どうもう》な焔《ほのお》が宿って、こちらまで燃え移ってしまいそう。

爛《ただ》れた呼気を漏らしたエレインが喉を鳴らすと、大きな手で動きを止められた。

「これ以上されたら、本当にまずい」

余裕のない響きにゾクゾクする。エレインの体内が収斂し、内側がざわめく。思わず震わせた唇へ、彼が噛みつくようなキスをしてきた。

「ん……っ」

勢いのまま後方へ押し倒される。覆《おお》い被《かぶ》さってきたオリウスが口内へ舌を捻《ね》じ込《こ》んできて、今までにない乱暴な口づけになった。

「ふ、は……っ」

「僕を散々煽った責任は取ってもらおう」

意地の悪い笑みにドキドキが止まらなくなるのは、エレインが彼に魅了されているからなのか。一瞬たりとも目を離せず、危険な笑みに囚われた。

喰《く》らわれると本能が悟り、余計に昂る。脚の付け根はびしょ濡れで、蜜口に押し当てられた楔《くさび》の先端を難なく呑み込んだ。

「あ……あッ」

淫道を割り拓《ひら》かれる。信じられないほど大きなものが、エレインの中心を突き進んできた。息ができず、圧迫感で歯を食いしばる。オリウスが頬や瞼、耳にキスを落してくれたことで、強張りが解けた。

未熟な蜜窟は、異物の侵入に戦慄《わなな》いている。その中で彼の匂いや触れ方が、エレインに安心感を与えてくれた。

「んぁあ……っ、や、ァあぁ……ッ」

乳房を揉《も》む手つきも、肌をなぞる速度も、淫芽を捏ねる力加減も全部がエレインの快楽を掘り起こす。

丁寧に高められ、すぐさま限界まで一杯になった。

ゆったり肉壁を擦られ、内側も外側も気持ちがいい。耳からは絶えず「可愛い」「愛している」「好きだ」と注がれ、これまでもらえなかった言葉の数々に陶然とした。

心と身体は繋がっている。どちらも満たされて、これまでになくエレインは愉悦に溺れた。

「……あッ、あ、んぁあ……ッ」

緩やかに揺さ振られ、特に感じる場所を重点的に抉《えぐ》られた。

激しさはなくても、敏感な部分を執拗に捏ねられる。どこもかしこも性感帯になってしまったのか、エレインは余裕なく髪を振り乱して喘いだ。

「だ、駄目……あ、も……ッ、ぁ、ああんっ」

瞼の裏に光が爆《は》ぜる。収縮する隘路が、オリウスのものを喰い絞めた。

彼の形がハッキリと分かる。もしかしたら先ほどより更に大きくなっているかもしれない。

蜜襞でオリウスを味わい咀嚼《そしゃく》する。

すぐそこに迫った限界を共に迎えたくなり、エレインは彼の腰に自らの足を絡めた。

「い、一緒に……っ」

「……っ、可愛いお強請《ねだ》りだが、それは難しいな。僕はもっとエレインの中にいたい」

色香を滴らせたオリウスが、悪辣に笑う。動きを速め、エレインの中を激しく穿《うが》った。

「あぁあッ、ぁ、あああッ」

ぐちゅぐちゅと淫音を掻き鳴らし、蜜路を掻き毟《むし》られる。その度に結合部からは、白く泡立った愛蜜が溢れた。

視界は上下し、まともに喋る隙間もない。

振り落とされないよう必死に彼にしがみつくと、より密着度が増して深い部分を楔の先端で抉られた。

「ひ……っ、ぁあああッ」

愛情を確かめ合った後に重ねる肌は、未だかつてなく滾《たぎ》っていた。

淫らな声を抑えられず、喉が掠れても漏れ続ける。悲鳴じみたエレインの声とベッドの軋む音が室内に降り積もり、合間をオリウスの熱い呼吸音が埋めた。

唸《うな》るように息を吐きながら、彼がエレインを揺さ振る。

熟れた膣道はあさましくオリウスを締め付け、悦びに咽《むせ》び鳴いた。

「は……っ、きつくて、食い千切られそうだ」

「はぅ……ぁ、あッ、も、もう……っ」

「何度でもイッていいよ」

「んぁああっ」

一際鋭く突き上げられて、エレインの全身が引き攣《つ》れる。指先は強張り、彼の背中に爪を立ててしまったかもしれない。けれどそんなことを気にする余裕はなかった。

「あ……ぁあああッ」

不随意に痙攣する身体を制御できず、爪先が丸まり、シーツを乱す。

蜜壺が収斂し、オリウスの形が生々しく感じ取れた。

「……っ」

低く呻《うめ》いた彼が動きを止める。吐精の衝動に耐えているのか、引き締まった腹がヒクついていた。その見事な凹凸を汗が流れ落ちてゆく。

だが絶頂の波に呑《の》まれたエレインの瞳では、何も捉えられなかった。

チカチカと光が乱舞して眩《まぶ》しい。

双眸を見開いていても、視界に映るものを処理できない。呼吸すらままならない中、内側にある肉槍を味わうだけ。

意思とは無関係に動く襞が、愛しい男をこの上なく淫蕩に頬張った。

「……っく、もっとエレインの中にいたいと言ったばかりなのに……意地が悪いな」

「あ、ひ……っ」

意地が悪いのは、絶対にオリウスの方だ。

息を整え終えた彼は、達した余韻にうち震えているエレインの内側を容赦なく擦り出す。

大胆に腰を使い、強弱をつけながら。

時に浅い部分を小刻みに、かと思えば思い切り奥を穿って。それだけでなく充血した肉芽も捏ねられ、エレインは再び逸楽の嵐に放り出された。

「ぁんッ、ぁ、あッ、あ、んぁあッ」

休む間もない快楽に、だらしなく鳴き喘ぐ。閉じられなくなった口からは唾液が伝い、涙も汗も拭う暇がない。

きっと顔はひどいことになっている。

そんな有様でも、オリウスの動きに合わせてエレイン自身も淫靡に身をくねらせていた。

同じ律動を刻み、呼吸を合わせる。突き入れられれば柔らかく受け止め、引き抜かれれば必死に縋《すが》りつく。

陰部がひっきりなしに妖しい水音を立て、大きく脚を開かれ身体を二つ折りにされた恥ずかしい体勢を強いられても、抵抗する発想が生まれなかった。

逆に姿勢が変わったことで内部の擦られる場所が変わり、愉悦が増す。恍惚で一層頭の中がいっぱいになる。考える力は失われ、淫欲の虜《とりこ》になっただけだった。

「ぃああ……ッ、ァ、あッ、ぉ、あ……っ」

最奥に肉杭を押し当てられたまま小突かれ腰を回され、新たな法悦の味を教えられる。

溢れる蜜液の量が増え、聞くに堪えない水音が大きくなった。

「いつも凛《りん》としているエレインの、こんなにいやらしい顔を見られるのは僕だけだ」

「あ、あ……やだ、見ないでぇ……っ」

改めて言葉にされると、羞恥心が倍増した。

咄嗟に顔を隠したエレインの手は易々《やすやす》と横にどけられ、そのままシーツに押さえつけられる。

彼の視線を遮れなくなり、全てを具《つぶさ》に見られているのを感じた。

快楽に蕩《とろ》けただらしない顔も。汗まみれの肢体も。真っ赤に充血し、卑猥《ひわい》に濡れ光る局部も。一つも隠せず暴かれる。

この上なく居た堪れない。だが同じくらい気持ちがいい。

快感が凶悪さを増し、先ほどよりも大きな波がやって来る予感がした。

「ぁ、ああ……またイッちゃ……っ」

「ああ。ナカがうねっている。エレイン、どこに出してほしい？」

そんな淫猥な質問に答えられるはずがない。少なくともエレインに欠片でも理性が残っていれば。

しかしそんなものは既に遠くへ追いやられていた。

今はオリウスがくれる官能以外、何も考えられない。心も身体も陥落している。脳裏に浮かぶのは、もっと深く繋がりたい欲望だけ。

愛しい人の全部を受け止めたくて、エレインの蜜窟が蠕動《ぜんどう》した。

「あ、ぁ、あ……ナカ、ナカに……っ」

自分が何を口走っているか理解できないまま、涙ながらに懇願する。腹の奥は煮《に》え滾《たぎ》り、白濁を注がれる瞬間を待ちわびていた。

この渇望を癒せるのは、もはや他にない。

エレインが本能に従って隘路に力を込めれば、彼はうっとりと微笑んでくれた。

「愛している、エレイン。これからもずっと」

「ぁ……あああぁ……ッ」

こちらからも愛していると返したかったが、言葉は艶声に呑まれた。

何もかも白に染まる。

頭の中も体内も染め上げられて、エレインは絶頂へ飛ばされた。

「……っく」

オリウスに抱きしめられ、熱い迸りが注がれる。飛沫《しぶき》に最奥を叩かれて、エレインはいつまでも高みから下りてこられない。何度も四肢を痙攣させ、か細い悲鳴を漏らした。

「……ぁ、ぁ……」

弛緩《しかん》した身体を彼が摩ってくれる。だがすっかり過敏になった肢体は、それだけでも喜悦を生み、少々辛い。

未だ深く貫かれたままの蜜襞が、じわじわと収縮した。

「大丈夫か?」

汗を滴らせてこちらを覗き込んでくるオリウスはあまりにも淫靡だった。

瞳には危険な光が灯《とも》ったまま。欲情と言い換えてもいい。それは少しも衰えていなかった。

「あ……まだ……」

エレインの中にいる彼の剛直は、微塵も力を失っていない。張り詰めて、硬い。

満足には程遠いとエレインの淫路で訴えていた。

「もっと愛させてくれ」

「んん……っ」

鼻先で首筋を擽られ、珍しく甘えた声で囁かれる。

とはいえ、愛らしい仕草とは裏腹に求められていることは簡単に了承できるものではなかった。

「ま、待ってください……っ」

正直なところ、エレインは疲労困憊《ひろうこんぱい》。立て続けに逸楽を極めて、身体が休養を求めている。

瞼は重く、気を抜けば今にも閉じてしまいそうだった。

「待てない。エレインが僕を愛してくれていると分かって、これ以上堪えられるわけがない」

今まで、オリウスなりに我慢してくれていたらしい。

その事実を知り、エレインの胸がキュウッと高鳴った。

傲岸不遜なところがある人だと思っていたが、エレインにはいつも優しく配慮してくれる。

思い返せば彼の行動は全部、エレインを慮《おもんぱか》ってのものだった。

「ごめん。でも長い間、ずっとエレインへの気持ちを抑えつけてきたから……」

ほんのりと申し訳なさを滲ませ、視線を逸らす彼が愛おしい。

絆《ほだ》されずにいるのは無理だった。

「……抑えなくていいですよ」

溢れそうになる想《おも》いを押し殺す辛さを、エレインも知っている。それはどんなに懸命にごまかしても、ふとした拍子に漏れ出てしまう。抑えつければ抑えつけるほど大きくなる。

記憶そのものを壊され奪われても、根絶はできなかったように。

そういう厄介な感情を『恋』と呼ぶのだと教えてくれたのは、オリウスだった。

彼の頬に手を添え、エレインから口づける。たどたどしく舌先で誘惑を施せば、オリウスの楔が一層漲った。

見つめ合う瞳に映るのは互いの姿。それがとても嬉しい。随分長い時を別々に過ごしてきた分、これから先は相手の姿を見失うまいと心に誓った。

「そんなことを言われたら、僕は遠慮しない」

「オリウス様になら、私は何をされても平気です」

嘘偽りなく、本心からの言葉だった。

彼にならどう扱われても喜びしかない。根底に自分への愛情があると信じられるため、全部許せてしまう。恋に溺れた愚かな発想だとしても、構わなかった。

——オリウス様の望みは全て叶えてあげたい。これは、私の心からの願いだ。

両親の欲に振り回されていた時とは違い、自主的に『何かしたい』と感じていた。彼の喜ぶ顔が見られるなら、エレインは満たされる。

幸せにしたいと熱望する人。唯一無二の思いを抱かせてくれるのがオリウスだった。

——以前の私は、『私自身』が愛され幸せになりたくて、両親の望みを実現しようとしていた。言いつけを聞いていれば、いつかは——と。

そこにあったのは、ある意味自己愛。それが悪いものではなくても、見つめていたのは己自身のみだったのかもしれない。けれど今は。

——オリウス様が私に捧げてくれたのと同じように、純粋な愛情を返したい。

「エレイン……」

彼の声が微かに掠れる。翠の瞳は潤んでいた。

「ずっとどこまでも一緒にいましょう」

「ああ。僕が、貴女を苦しめる全てから守ってみせる」

濃密な口づけを交わし、再び律動が始まった。しかも抱き起こされ、向かい合って座る形に変えられる。

エレインは慣れない体位に慄《おのの》いて腰を浮かせようとしたが、それより早く下から突き上げられた。

「ああ……ッ」

自重で深い場所を貫かれ、落ち着き始めていた呼吸が一気に乱れる。太腿には力が入らず、腰を浮かすこともできやしない。

どっしりと座り込んだ状態は、まるでエレインが率先してオリウスを貪っているようだった。

「んぅ……っ」

「ナカがビクビクして、いやらしいな、僕を搾り取ろうとしているみたいだ」

「や、ぁ、……あっ」

そんなつもりはないと言いたくても、実際蜜壁が蠢いているのが自分でも分かる。意志を持っているかの如く、彼の肉杭を愛撫《あいぶ》していた。

ゾワゾワと沸き起こる愉悦に末端まで痺《しび》れが走り、反射的に重心を移動させた瞬間、鮮烈な快感が生じる。

オリウスの繁《しげ》みに花芯が擦れ、得も言われぬ悦楽が膨らんだ。

「はぁあ……っ」

「可愛い。もっと淫らに僕を喰らって」

耳に注がれる美声で、なけなしの理性は溶け崩れた。

心も身体もドロドロになってゆく。いっそこのまま共に溶けて混ざり合ってしまいたい。そうすれば永遠に離れられないと愚かな妄想が浮かぶ。

その想像はエレインをより大胆にし、彼の脚の上で健気に身体を弾ませた。

「あ……あ……ぁッ」

ぱちゅぱちゅと水が攪拌《かくはん》される音がする。全身を使い上下に跳ね、時折前後にくねらせる。どう動いてもオリウスが受け止めてくれ、エレインの望む通りの快楽を与えてくれた。

グズグズに蕩けた淫堂は、彼の肉槍へ貪欲に絡みつく。もはやすっかり馴染み、初めからこうして繋がる仕様になっていたかのよう。

奥までみっしり埋め尽くされ、エレインは恍惚に身悶《みもだ》えた。

「ぁああ……っ」

しがみ付いたオリウスの肉体も発熱している。上体を隙間なく重ねたことで、エレインの乳房が彼の胸板に押し潰され先端が擦れた。

どこもかしこも性感帯になった今、それが最後の駄目押しになる。

「……っ、ぁあああッ」

荒々しく体内を穿たれ、愉悦が飽和した。全身が強張って、エレインの内側も引き絞られる。当然彼の肉塊を思い切り抱きしめながら。

「……っつ」

達したのはほぼ同時。

感じすぎ蜜壁が爛れているせいか、今度は子種を注がれる感覚が乏しい。それでも圧倒的な多幸感に包まれた。

「エレイン……何度口にしても足りないくらい……愛している」

「私も……」

愛する人に激しく求められ、同じ悦びを共有する。世界に二人だけになった錯覚も心地いい。

嗚咽のせいで、上手く返事ができないのが残念だ。

天井に映し出された星空の下、エレインとオリウスはいつまでも固く抱き合い、微笑み合った。

エピローグ

「いやぁ、ギユンって思っていたよりずっといい国ですねぇ。気候が穏やかだし、何よりも魔術師が生きやすい国ですぅ」

「口よりもまず手を動かせ」

ディンバーグ国を出たオリウスが腰を落ち着けたのは、辺境の小国と他国に侮られているギユン国だった。

勿論、エレインは妻として同行している。更に予想した通り、キロを含めた一部の魔術師が一緒についてきた。ディンバーグ国に残った人数を多いと見るか少ないと見るかは人それぞれだろう。

王家や貴族からしたら、命令に背きがちな扱い難い厄介者ばかりが消えてくれて、清々しているのかもしれない。

ディンバーグ国に残っているのは、報酬さえ払えばどんな依頼もこなす従順な魔術師のみ。むしろ気位が高く反抗的な魔術師を排除できて、これ幸いだと思っている可能性も高かった。

近年、かつてと違い王家と魔術師の力関係は拮抗《きっこう》し、それを面白くないと感じていた者は多い。

もっと魔術師の締め付けを強化すべきと主張する声も出ていた中、御し難い者がごそっといなくなってくれればある意味めでたいというわけだ。

だが彼らはいずれ気づくだろう。

本当の意味で国を支えていたのが誰なのかを。

長い歴史がある『身分による序列』が、何故この十数年で急激に崩れ始めたのかを。

「エレイン様が隣にいないと、感じ悪いですね……」

げんなりとした様子でキロが文献を整理する。

部屋の中には、真新しい機材から使い込んだ道具まで、色々なものが揃っていた。

今日からここがオリウスたちの拠点になる。当面の目標は魔術師に必要不可欠である鉱石の代替品を研究すること。

やり甲斐《がい》がある仕事に、キロ以外の魔術師の瞳も輝いていた。

あの様子なら予定はかなり短縮され、一年以内に成果を上げられそうだ。

水面下の交渉により、ギユン国は移住を望むディンバーグ国の魔術師たちを好待遇で受け入れてくれた。オリウスは最高位の魔術師として爵位も与えられ、高位貴族と実質同等の権力を有する。それでいて王家の支配下にはない、特権を持つ。

あまりの好条件に、この国の魔術師らとの摩擦は避けられないものと覚悟していたが、幸いにも杞憂《きゆう》であったらしい。

彼らは大歓迎でオリウスを迎えてくれ、低姿勢で教えを乞うてくる。向上心が高く控えめな国民性と聞いていたが、まさにその通り。

この分なら、あっという間に祖国に残った魔術師の実力を追い抜くと感じた。

「それにしても、案外アッサリとディンバーグ国は私たちの出国を許しましたよねぇ」

新品の硝子瓶をうっとりと眺め、キロがこぼした。

魔塔では王家の嫌がらせによって出資が年々削られ、気軽に実験器具も新調できなくなっていた。

下手に自腹で買い揃《そろ》えれば、ああだこうだと煩く口を挟まれたり、貴族に取り入りたい輩に密告されたりするので、古びたものを使わざるを得なかったのだ。

そのため要望通り準備された機材に、キロはいたく感激したらしい。

「無能の振りをして、ここ数年ろくに働かなかったのが功を奏した。お前もただの変人だと思われていて、助かったな」

「え？　どういう意味です？」

納得いかない様子のキロが、じっとりとこちらを睨んでくる。その視線を完全に無視し、オリウスは捨て去った国へ思いを馳せた。

生まれ育った故郷を懐かしむ気持ちは、とうに消えている。父と母を奪われ、命を脅かされて名前をなくしたあの日に。

それでも大人しく息を潜めてきたのは、エレインがあの国で生きようと頑張っていたからだ。

本当ならいつ滅ぼしても構わなかった。既に下準備は済み、同調する魔術師を集め、あとは引き金を引くだけのところまできていたのだから。

ディンバーグ国の王家と貴族をこの世界から消すのは、今のオリウスにはさほど大変でもない。

——でもエレインが望んでいないから、やめた。

彼女がしなくていいと言うなら、迷わず従う。くだらないことにかける労力がもったいないし、その分エレインの傍にいる時間を優先したい。

そう正直に打ち明ければ、キロは『いいんじゃないですかぁ』と間延びした返事を寄越《よこ》した。

これには流石にオリウスも戸惑ったものの、『面白い研究に割く時間の方が大事ですし』とあっけらかんと笑ったキロは、如何《いか》にも彼女らしい。

他にもギユン国へ同行した魔術師の中には、あの国に恨みを持つ者が少なからずいたはずだが、いずれも反対の声は上がらなかった。

変わり者だらけの魔術師は、早くも別の楽しみを新天地で見つけたようだ。

——それに……どうせあの国はこれから傾く。

強大な力を持つ魔術師が抜け、残ったのは甘い汁を啜《すす》ろうとする者ばかり。そこに頼り切りのくせに偉ぶる王家と貴族たち。

魔塔主など誰がなっても同じとせせら笑っているに違いない。

新たな魔塔主は随分金に貪欲な男だと聞いたが、オリウスの記憶にはほとんどなかった。それだけ見どころがない魔術師だということだ。

おそらく判断力や統率力もたかが知れている。

この先ブライド国が鉱石の価格を吊り上げ、粗悪品を流通させた時、見事に踊らされるのが目に見えていた。

――ハーブ店の店主は店を閉め、しばらくは世界中を旅するそうだが、最終的にはギユンに落ち着くと言っていたな。

ディンバーグ国は自らを大国だと驕《おご》るあまり、貴重な人材が流出していることすら気づいていない。理解した時にはもう手遅れ。世界の中心から転がり落ち、嘲《あざわら》っていた小国からも見下されることになる。

そう想像すると、オリウスは愉快な気分になった。

何も手を汚さなくても復讐は完遂できる。高みの見物であの国が衰退してゆくのを見守ればいい。

すぐに息の根を止めず、じわじわと年月をかけ、存分に苦しませて。いくら足掻《あが》こうと、その時にはもう事態を解決できる優秀な者は残っていない。成す術なく国内で責任の押し付け合いをすればいい。

それこそが自分とエレインの報復に相応しかった。

「あぁ、そうだ。エレイン様のご実家ですが、妹さんが亡くなられたそうですよ。その上バルフォア侯爵は屋敷から出られなくなったとか。娘を二人とも亡くして、気鬱《きうつ》になってしまったんですかねぇ」

「あ、忘れていた」

そういえば、バルフォア侯爵に『オリウスの許可なく屋敷を出られない』術をかけた。そしてそのまますっかり忘却の彼方《かなた》に押しやっていたことを思い出す。

あれから色々あって、キロに言われ初めて『そんなことがあったな』とオリウスは記憶を掘り返した。

「忘れていた？　何をです？」

「いや、つまらないことだ」

「そうですか。じゃあいいですぅ」

さっさと興味をなくしたキロが、部屋の整理に戻る。オリウスもすぐに『どうでもいいか』と意識を切り替えた。

バルフォア侯爵家にはお抱えの魔術師がいるのだから、その気になれば術の解除くらいはできるだろう。さほど面倒なものでもない。

ただし、『その程度』のこともできない魔術師しかあの国に残っていないのであれば、話は変わってくる。

――もっとも、僕にはもう関係ない。

今後はディンバーグ国のことで思い悩むことは二度とない。あの国との関わりは、完全に断たれた。エレインを襲撃した犯人は侯爵によって口封じされている。

過去を振り返らずに前を向く。

オリウスは家で帰りを待つエレインを思い描き、柔らかな笑みを浮かべた。

あとがき

こんにちは。山野辺りりです。

今回はファンタジー色強めのお話を書かせていただきました。

常々、魔法で色々できたら便利だよなぁと思いますが、実際に可能だったとしても万能ではないのだろうなと感じます。

歩けば交通費はかかりませんが、時間と体力を使う。しかも足の速さや持久力は人それぞれ。といったイメージでしょうか。下手をしたらお金で解決した方が有意義。

もし私が魔力を持っていたとしても、自分の手を動かした方が簡単という場面も多そうです。

結局は万事解決にはならないのでは？　という妄想から生まれたのが今作です。

ヒロインは王太子妃に選ばれた才色兼備の努力家。

けれど本心では、逃げ出したいと思っていたところを凶刃に倒れてしまい――というなかなかハードな人生です。

初っ端から試練が過ぎる。可哀相な主人公。

そして助けてくれたのは、真意の読めない魔術師。しかも素顔すら謎。信用していいのかどうかも不明な中、生きるためには彼との接触が欠かせない――

改めて書くと、本当にヒロインが痛めつけられ過ぎですね。ひどい。だけど可愛い子には旅をさせよと言われているので、仕方ありません。

これもまた、私の愛の形と言うことで、一つよろしくお願いいたします。

イラストは、サマミヤアカザ先生です。

キャララフの時点で雰囲気ある素敵なイラストだったので、完成が心底楽しみでなりません。サマミヤアカザ先生の繊細な絵で世界観を表現していただけると思うと、ご褒美以外何物でもありませんね。

平身低頭、ありがとうございます。

この本の完成に携わってくださった全ての方々にも、心からお礼申し上げます。

いつも形になった本を手にして、感動に打ち震えております。沢山の方々に支えられ、この度も最後まで頑張ることができました。

最後に、読者の皆様へ。

ここまでお読みくださり、最大限の感謝を。本ッ当にありがとうございます。

ではまた、どこかでお会いできることを願って。

その際は愛をもって迎えてくださると、大変嬉しいです。

山野辺りり

蜜猫F文庫をお買い上げいただきありがとうございます。
この作品を読んでのご意見・ご感想をお聞かせください。
あて先は下記の通りです。

〒102-0075 東京都千代田区三番町 8 番地 1 三番町東急ビル 6F
(株)竹書房　蜜猫F文庫編集部
山野辺りり先生 / サマミヤアカザ先生

国一番の魔術師は不遇な運命の侯爵令嬢を溺愛して離さない

2024 年 11 月 29 日　初版第 1 刷発行

著　者　山野辺りり　
発行所　株式会社竹書房
〒102-0075
東京都千代田区三番町 8 番地 1 三番町東急ビル 6F
email : info@takeshobo.co.jp
https://www.takeshobo.co.jp
デザイン　antenna
印刷所　中央精版印刷株式会社

婚約者に裏切られた王宮司書は、変装した王子殿下に溺愛されて囲い込まれました!?

小桜けい

Illustration 天路ゆうつづ

君にとってはそれだけでも、俺にとっては特別なことだった

婚約者の浮気が発覚して婚約破棄となり清々していたセレナは勤め先の王宮図書室の常連である魔術師テオに告白される。仮面で顔がわからないながら優しい彼に惹かれていたセレナだが、実はテオは優秀さで有名な第三王子テオバルトだった。身分に気後れするセレナを逃がさないとばかりに彼は外堀を埋め強引に迫ってくる。「好きだ。俺を受け入れてくれ」憎からず思っていた彼に甘く誘惑されとまどいつつ流されてしまうセレナは!?

蜜猫F文庫